讲台初遇时

嵇明◇著

九州出版社
JIUZHOUPRESS

图书在版编目（CIP）数据

讲台初遇时 / 嵇明著 . -- 北京 ：九州出版社，
2023.7

ISBN 978-7-5225-1998-2

Ⅰ．①讲… Ⅱ．①嵇… Ⅲ．①长篇小说－中国－当代

Ⅳ．① I247.5

中国国家版本馆 CIP 数据核字（2023）第 132026 号

讲台初遇时

作　者	嵇　明　著
责任编辑	云岩涛
出版发行	九州出版社
地　　址	北京市西城区阜外大街甲 35 号（100037）
发行电话	（010）68992190/3/5/6
网　　址	www.jiuzhoupress.com
印　　刷	唐山才智印刷有限公司
开　　本	880 毫米×1230 毫米　32 开
印　　张	7.5
字　　数	189 千字
版　　次	2024 年 1 月第 1 版
印　　次	2024 年 1 月第 1 次印刷
书　　号	ISBN 978-7-5225-1998-2
定　　价	69.00 元

目录

CONTENTS

第一章　绝处逢生教书去

7月1日　3:30

曾经的我们，爱得如此炽烈！

你怎么舍得把我独自丢下？

"喂，是方玲蓉吗？"

"喂——"

"我，是我，于慧。"

于慧？方玲蓉头重得很，她揉揉红肿的双眼，理理混沌的思绪：于慧，楼下宿舍的美女，四川妹子，班上同学，可是平时没什么接触，找我有什么事呢？

"于慧，有事吗？"

"方玲蓉，新区教师招聘今天下午1点截止，你要不要和我一起去报名？"

"真的？"方玲蓉胸口憋着一团气，双眼猛睁，挺起身，"于慧，你等等我，我和你一起去。"

紧赶慢赶终于在1点前交上材料。人事处的阿姨和蔼地笑道："你们两个小姑娘，再晚一会儿就不能报名了。"

方玲蓉和于慧相视一笑，嘴角边皆有丝苦涩隐约荡漾。

走出大厅，于慧爽朗地说："方玲蓉，去吃火锅？我请客。"

"火锅呀，那我可要吃牛油特辣的！"方玲蓉顺口接道，忽然又感觉非常不好意思，像占了别人便宜似的，"不用你请客，我们 AA 好了。"

"你喜欢吃辣的？我也喜欢。那我们今天就点红汤锅底，辣到过瘾。"

方玲蓉看着 7 月炙热的烈日下，于慧明晃晃的笑脸，像蠢蠢欲动的花苞挣脱最后一层束缚，纵情绚烂。

方玲蓉，不要再自怨自艾了，就把眼泪呛在这顿火锅里！从今天开始，你要振作，你要考教职了，那可是你从小到大的梦想啊！

曾几何时，你为了那个男生连连后退，现在该醒醒了。

虽然有那么多的不舍，那么多的不甘，那么多的无法理解无法接受，但你的生活还要继续啊！

毕业了，你已经毕业了，难道以后毕业的每一天都是躲在被窝里哭、哭、哭吗？

"咳咳咳……"方玲蓉边咬牛肚边想，双眼仿佛沾到了辣椒末，泪花涌出。她立刻拿起手边的纸巾擦眼。

"方玲蓉，你慢点儿。服务员，这边加水。"于慧贴心地说道。

"我没事儿。谢谢。"玲蓉强颜欢笑。

"对了，方玲蓉，你怎么到现在才报名啊？"

"我不知道这个消息。"

"那你也太不关注了吧。她们都去报了。你舍友没告诉你吗？"

"嗯……"方玲蓉的脸越来越烫，她羞愧地低下头，支支吾吾："她们都有着落了。"是的，那些朝夕相处的人啊，早在很久之前就确定好了方向：有的考研，有的考上了公务员，有的已经和学校签好协议……她呢？

火锅店，氤氲的热气拉开玲蓉回忆的序幕。

大三的邂逅，相知，互生好感，牵手拥抱，一年多的陪伴，故事的女主是方玲蓉，男主角叫阿耀。

玲蓉从来没想过，有一天阿耀会离开她，不是说"一生一世一双人"吗？遇见就是缘分，她一直笃定这缘分会延续到海枯石烂、地久天长。

可，人是会变的，人心最莫测。

"阿耀，吴中区、相城区、姑苏区教师编制招聘启事都出来了，今年都只收本地应届生。"

"哦。"面前被唤阿耀的男孩随口哼道。

"我们老家的教师编制招聘也出来了，报名截至 10 号。"

"哦。"

"如果我回家报名，我们是不是就不能在一起了。"玲蓉没有察觉到阿耀的漫不经心，还在自顾自地念叨。

"是的吧。"

"啊？"玲蓉惊讶地望着阿耀，她从没料到阿耀会给出这样直截了当的答案，竟一时语噎，良久，才缓缓地小心问道："真的不能在一起吗？"

"嗯，除非你留在苏州。"

"如果留在苏州，我就不能做老师的。"玲蓉紧皱着眉头，嗓音里已带有哭腔，"你知道的，做老师是我从小的理想。"

"我知道，"阿耀没有看向玲蓉，他面容依然那么冷峻，丢下一句话，"你看吧……"

"我……"玲蓉低着头，一股强烈的无力感瞬时包裹着她的全身，"让我想想……"

"嘿，阿耀，我想到办法了。"玲蓉高兴地搂住阿耀。

阿耀的语气冷冷的，他不动声色地抽出自己的臂膀："你说。"

"我可以先应聘做代课老师。他们跟我讲，做几年代课老师就可以参加考试，争取转正。"

"嗯，挺好的。"

"你也觉得不错对吧？我想了很久，问了很多学姐学长，才想到的。这样我就可以留在苏州了。"玲蓉眉飞色舞地讲着。

"玲蓉……"阿耀转过头看向玲蓉，一字一句地说："你还是回去吧。"

"什么？"玲蓉不解。

"我的意思是，"阿耀没有犹豫，语气中充满了决绝，"我们分手吧。"

"什么？"刹那间，玲蓉感觉像被一桶凉水从头浇到脚，她使劲摇头，难以置信，"我们在一起两年了，走过了那么多风风雨雨，我都已经想好留在苏州的办法了，你为什么……"

"你在苏州过不下去的，你那么弱，总是粗心大意，闹笑话……"

"那你跟我说，哪里做得不好，我会改的。"玲蓉卑微地恳求道。

"你不要这样子，你先听我说。我和你在一起不开心！不快乐！而且，我妈妈也不喜欢你！"

"啊？"那个看见她总是笑眯眯的阿姨。

"你没有感觉吗？我妈妈受不了你的，我们分手吧！"

在玲蓉即将大学毕业，把对未来的憧憬和决定都建立在"和阿耀相依相守"的时候分手。晴天霹雳，出乎意料，一切都犹如气泡般"啪"的一声破灭了。曾经那么甜蜜那么坚定的誓言真的可以说散就散，说背叛就背叛。爱和不爱，从来没有千山万水的距离，只是一个转身，便永远消失在彼此的世界里。

玲蓉觉得自己仿佛做了一场大梦，现在梦醒了，她又该怎么收拾残骸呢？

"你男朋友和你分手了？怪不得你状态这么差！"于慧听了个大概，心疼地对玲蓉说。

"于慧，我真的很感谢你。错过了老家的教师报名，在一起两年的男朋友也不要我了，如果不是你，我现在应该还躺在床上哭吧。"

"玲蓉……"

"他说我很弱，是无法留在苏州的。于慧，我们一起努力，我要考上新区教师编制，不仅仅是向他证明，这也是我现在唯一的出路了。"

"嗯，"于慧点点头，她托着下巴苦恼地说道，"玲蓉，我也想留在苏州，我喜欢这座城市！爸爸妈妈一直让我回去，我跟他们讲他们也不听，不能理解我为什么非要待在外面，所以最近挺烦的。"

"嗯……"玲蓉看着于慧，这一刻她无比坚定，"吃过这顿火锅，我们一起加油！"

"好！不管结果如何，不要让自己后悔！"

玲蓉弯弯嘴角，猛地吐出一口气，那郁结在胸膛的阴霾终于顺着食道、喉咙、鼻腔倾泻出来。沉重的身体难得轻松盈快，像臃肿的肉虫褪去冗繁的包袱，不去想其他的了，没有时间再自艾自怜了，你现在的目标就是抓住这关键的"稻草"，绝处逢生教书去！

和于慧走在回宿舍的路上，黑夜中的点点星光，在玲蓉的双眸里不断放大、放亮，她感受到了消失许久的希望与勇气。

你见过苏州凌晨三点的样子吗？
你在晨曦中披着朝霞背过书吗？

你在短短一周内做过小山堆似的试卷吗？

你面对笔试的题目微微一笑过吗？

你看过一排校长围着你坐的阵仗吗？

你，终于收到录取的消息了吗？

艳阳高照，方玲蓉盯着手机屏幕轻轻地笑出了声……

未来的路是一帆风顺还是崎岖不平，玲蓉什么都不知道。她唯一清楚的是：过去的都过去了，那个曾经海誓山盟的男孩，那些爱与伤交织的日子，即便无法忘怀也不可重现，那纠结又有什么意思呢？《乱世佳人》中郝思嘉说："Tomorrow is another day."明天又是新的一天。人生应该有一个新的开始了，这一段路要好好走！

想到这里，方玲蓉打开微信，莹莹的灯光照着她清秀的脸庞——

7 月 26 日　20:30

长路漫漫，终归要独自跋涉。

冷暖自知，谁也无法感同身受。

第二章　一年级新旅程

8 月 30 日　16:30

一切仅仅是开始！

结束却从来没结束！

"方玲蓉，你还有什么没做？"郝晓佳是方玲蓉的同期，心直口快，活泼开朗。她们都被苏州梅山实验小学录取了。梅山实验小学依傍 4A 级风景区雪梅海，每到春天，各种各样的梅花开了，就像一汪五颜六色的海洋，非常好看。潺潺流水绕山而行，绿树成荫，飞鸟啼鸣，空气清新，长空如洗。

这儿离闹市区比较远，本地人多是拆迁户，一般都有两三套房子；外地的多是辛辛苦苦打工谋生的人，这样的环境衍生出多面复杂的人情世故：淳朴善良是一面，固执己见是一面，有心无力是一面，放任自流是一面……当然诸多情况，方玲蓉此时还不清楚，隐隐约约听老教师提到几点。未来会遇到什么，她一概不知，但没人是预言家，不向前走怎么知道下一秒是柳暗还是花明？

学校安排方玲蓉和郝晓佳教一年级语文并兼任班主任。虽然别的老师还没来上班，但一年级的老师、行政人员早在一个星期前已经开始正常工作了。要对所有报名的信息进行审核、筛选，在此基础上才能进行下一步的分班、学前培训。每天像转车轮一样，一刻也不能停歇。

"原来做老师事情这么多啊！"中午吃饭的时候，郝晓佳悄悄朝方玲蓉吐吐舌头。玲蓉微微点头，边快速扒饭，边想：以前上大学的时候，总是看到讲师们、教授们夹着一本书，背着一台电脑，捧着一个杯子，悠哉悠哉地来，悠哉悠哉地去，从没感觉过做老师会那么忙。如今火急火燎地赶回办公室，看到周围熟练操作的同事，想到如果前面一件事没做好，那后面的工作就跟不上，该要耽误多少人啊。玲蓉忙泡了两杯咖啡，一杯给晓佳，一杯给自己。"加油！"她轻声对晓佳说，也算是在给自己打气。

此时，已经过了下班时间，明天是星期天正常放假，后天9月1号正式报到，手头上的表格如果做不好，明天就别想休息了，可玲蓉还想明天再做一些准备，开学第一天和学生说些什么，怎样和家长沟通，怎么领书、发书……总之一大堆事嘞。

"啊！我的脖子，我的腰！"郝晓佳伸了个懒腰，站起来，来回走走，"我得歇一会儿了，玲蓉，我们点个外卖吧，都五点半了。"

五点半？被晓佳这么一说，玲蓉真的觉得有些饿了。"晓佳，你还有多少呀？"

"我差不多啦，再来个半小时应该就可以了。"

"你做事真快。"

"哎，先吃吧，吃完有力气。"

"好的。"

"你想吃什么？麻辣烫？馄饨？面？"

"都可以。"

"那就麻辣烫吧，好久没吃了。"

"你呀，是不是不辣一顿都没力气干活啦？"

"你懂我。"郝晓佳抛了个俏皮的眼神，拿起手机"刷刷刷"，

"玲蓉，你快好了吗？"

"还有一组，确认无误就完成了。"

"你说我们这几天做了多少事啊！"晓佳快活地点着外卖，嘴巴像机关枪一样说个不停，"而且好多神奇的事。你说房产证竟然能作假？要不是杨老师指出来，我都发现不了！真的一模一样，唉，差点出大事。对了，还有那个家长积分不够就在门口吵架？前几天开新生家长见面会，我们班有个妈妈抱着小宝来参加，我在上面说一句，她娃在下面哭一声，忒尴尬……哎，玲蓉，你休息一下吧，都看了一个下午了，眼睛多累呀？咯，到你点单了。"

"好的，我也休息一下。"玲蓉接过手机，靠到椅背上。

"你们班多少人啊？"

"46。"

"我们班 44，差不多，不过本地的才 12 个。"

"我们也才 10 个。"玲蓉想了想说，"苏州经济发展得很好，有很多外地人过来打拼，所以班上本地人少、外地人多也正常呀。"

"你昨天开家长会感觉怎样？"

"就是按照之前姚老师教我们的那样，和家长们说了一年级的重要性，需要注意的事项。他们听得都很认真。"

"呀，那你们班好的呀。"

"也没有，"玲蓉皱起眉，"前几天不是学前培训吗？我看到班上有好几个孩子根本坐不住，你说一句，他在下面插一句。课堂像一锅粥，乱死了。"

"你还记得杨老师说的吗？一年级最重要的就是习惯。姚老师不是把那些习惯都编成童谣了吗？什么'要发言，先举手，老师叫我再开口。不插嘴，不乱叫，说话流畅声响亮'，什么'下课了，要休息，别忘书本摆放齐，打开水瓶咕咚咚，上完厕所再休息'。小孩子不懂什么大道理，你把这样的童谣说给他们听，他们慢慢就能明白了。"

"你好厉害，这童谣张口就来。"

"说了好多天，怎么会记不得呢？"

郝晓佳虽然风风火火，大大咧咧，却着实聪明爽朗，她之前已经在其他学校实习过半年，又恰好是一年级下学期，所以比起初出茅庐的玲蓉，她算是熟门熟路，老练多了。杨华珍杨老师是一年级年级组长，工作30多年了，是个勤勤恳恳的老教师。姚烨姚老师则年轻很多，30多岁，齐头短发，圆圆的脸蛋上有一双弯弯的眼睛。她戴着一副金框眼镜，身材苗条，笑起来嘴角有两个小小的酒窝。她很热心，也很能干，是学校的骨干教师。杨老师和姚老师都教语文，以前一直在中高年级，这次学校特地把她们调到一年级，就是想让她们带带新老师。

"身边人都很厉害啊！"方玲蓉在心中暗暗称叹道，"除了我自己，之前大学几年都围着阿耀，觉得有他就有了一切，所以钻研没那么深刻，读书也只是浮光掠影。现在想来，真是大梦一场。"

"我觉得自己很笨啊，晓佳。"

听着玲蓉没来由冒出的这一句，郝晓佳愣了愣，她隐约感觉自己哪句话触动了玲蓉敏感的神经，"唉，我的这张嘴啊。"郝晓佳在心里捶起自己的小胸膛，她知道她这个人最大的毛病就是说话不经大脑，不拘小节惯了，怎么改也改不掉："嗯，玲蓉，你别这样说。"

"做事情也做得慢，做事情也做不好。"

"哪里呀，你那天开家长会，我可是看到的，艳压全场，哦，呸呸，气场两米八，势压全场。"

"真的吗？"方玲蓉开心地笑了笑。

说起家长会，别看她当时在讲台上一脸镇定，心里可紧张了。一个黄毛丫头面对一屋子神情严肃的叔叔阿姨，不慌不忙那是大神。不过还好，之前杨老师和姚老师对他们进行了培训，制作了PPT，告诉他们本次家长会的要点——

1. 明确一年级作为起始年级在小学阶段的关键地位。

2. 指导一年级学习生活重难点。

3. 反馈学生在学前培训中的表现。

4. 指出家校沟通对于学生教育的重要作用。

会上，玲蓉做了密密麻麻的笔记，但还是惴惴不安，甚至做起了噩梦。梦里，她一个人孤零零地站在前面，无数双眼睛盯着她。颤颤巍巍地开了口，本来很流利的稿子却在嘴巴里不断打结，"嗯哼——"下面有人咳嗽了一声，好像在揶揄："这都讲的啥，不行呀！"

"怎么办？怎么办？"她越来越急，四周也仿佛越来越闹哄哄。她眼泪都快掉出来了。"啊！"醒了，心"扑通，扑通"跳个不停，玲蓉无法再睡下去，索性拿出稿子，对着PPT继续练习。

有那么一刻，玲蓉想起远方的家乡——素有"鱼米之乡"美称的三水。小小的镇子，四季分明，一辆自行车能去所有想去的地方。市中心离家就15分钟的步程。走一走，香喷喷的面包店；走一走，好吃的卤菜店；逛一逛，遇到了幼儿园的同学；逛一逛，看见了以前的邻居……衣来伸手，饭来张口，软软的枕头有驱赶一切迷茫和恐惧的魔力。

口有些干，玲蓉去厨房倒了一杯水。这是租的房子，三室一厅一卫，就在学校对面的小区，一个月2100，还有两个租客也是今年新进的老师，一个是教英语的罗馨，一个是教数学的赵媛，是校办处热心的周国庆老师帮忙张罗的房子。她们还都没来，也不知道她们长什么样子。

捧着水杯回到座位上，玲蓉靠在椅背上，揉揉眼睛。"不要灰心，蓉蓉，你能行！"恍恍惚惚，耳边传来熟悉的声音，那是爸爸的声音。从小，玲蓉不是班花校花，虽然成绩不错，但也到不了年级第一的程度，她就是一个平凡的女孩子，学习上跌跌撞撞过，和朋友闹过矛盾，受过委屈，有过失落，每当这时候，爸爸总会走过来，眨着同款细长的眼睛，温柔地对她说："不要灰心，蓉蓉，你能行！"

窗外，东方的天际已经微微现出鱼肚白。此时爸爸应该还在睡觉吧，肯定想不到他的女儿半夜仍在勤奋学习，如果他知道了，会是什么心情呢？

玲蓉闭上眼，脑海里又浮现出爸爸无比亲切的笑容。

他一定不会数落我，责怪我大学时的荒唐，他会心疼地并且坚定地对我说："不要灰心，蓉蓉，你能行！"

带着温暖的力量，方玲蓉来到教室，把电脑打开，打开 PPT，弯弯嘴角，等待家长的到来。姚老师路过，微笑地问："方老师，都准备好了吗？"

"嗯，差不多。"

"紧张吗？"

"有点。"

"教你一个秘诀，"姚老师就是这么热忱，总是把自己的经验倾囊相授，"你开家长会的时候，眼睛大胆地看着家长们，心里要不断重复：'我是为了你们好，我是为了你们好！'我一直觉得，教育是将心比心，你真诚，他们才能被打动。"

"姚老师，你说得太好了。"

"方老师，加油！"

一句良言恰似盛夏的缕缕凉风，吹得玲蓉神清气爽。她微笑着静静地望着台下的家长，诚恳地讲述和一年级有关的重要事项。她看到有家长频频点头，有家长时不时做笔记，她在心里长呼一口气，脸上的笑容更灿烂了。

很多年后，她都非常感谢这场家长会以及她的"领路人"姚老师，因为懵懵懂懂中，有一颗种子种在她的心上：真诚，是一个教育者最可贵的品质。

"麻辣烫来了，我去拿。"说着，郝晓佳风风火火地往外跑。

看着晓佳的背影，玲蓉忽然有些感动，她刚刚那小心翼翼的慰藉是在为她着想呀。身边有这么多可爱的人，她其实还是挺幸运的。

风卷残云般吃完麻辣烫，又加班了半小时左右，郝晓佳和方玲蓉纷纷把手头的工作整理完毕，走出校门。

天已经黑了，方玲蓉对郝晓佳说："路上小心。"晓佳是无锡人，租住在金鹰商场附近，坐公交车要 10 站。"放心吧，你也是哦。"晓佳朝玲蓉挥挥手，像一阵夏天的风，清清爽爽，大步向前。

走在回出租屋的路上，周围人来人往，操着不同的方言，玲蓉听不懂，但这不妨碍她突然觉得全身都轻松了很多。

在一个陌生的地方，她的喜，没人关心；同样，她的悲，也没人在乎。所以任何时候开始努力都不迟，对不对？无论结果如何，不辜负自己最重要，对不对？

抬头望天，点点星辰，眨着亮亮的眸子，沉默不语，但方玲蓉已经在心里暗暗下定决心。

8 月 30 日 19:26
一切都还来得及，对不对？
不要灰心，你能行！

第三章　第一个教师节的拥抱

9 月 4 日　16:49

这一天，

我快被一群"小怪兽"打败了……

"你知道我这一天是怎么过的吗？"

如果爸爸妈妈在身边，方玲蓉应该会边吃妈妈炒的肉丝，边毫无顾忌地诉苦；如果阿耀在身边，她应该会扯着他的袖角，仰起头，嘟着嘴撒娇；如果以前的舍友：青子、芮雯、芸芸、筱影、丽萍在身边，她们应该会开"卧谈会"，深夜了，也不睡，尽情说，说着说着就被开解了，释怀了……

可现在，爸爸妈妈远在家乡，冒冒失失打电话过去，只会让他们担心。阿耀……玲蓉删了和阿耀相关的所有联系方式，断了就是断了，没必要再说话，"他不在，我一个人也能活得很好。"至于舍友，大学分别后，她们都做了老师，有的留在苏州，有的回了家乡，各有各的生活，每天也不清闲，不要去打扰她们了。

"少年不识愁滋味，爱上层楼，爱上层楼，为赋新词强说愁。"方玲蓉很爱中国传统文化，唐诗宋词元曲明清小说，她都喜欢，牙牙学语时就在奶奶的院子里背《三字经》，她那么想当语文老师，应该也有这份对汉字的热爱吧。已经放学了，玲蓉疲惫地坐在电脑前，托着下巴，双眼无神，喃喃自语，"而今识尽愁滋味，欲说还休，欲说还休，却道天凉好个秋。"

"咋啦？苏州的 9 月份可还是很热的哦。"玲蓉一抬头，便看到姚老师圆圆的笑脸。

"没什么。"

"嗯？"姚老师眼神清亮，仿佛能看穿玲蓉的哀愁和怠倦。

"就是太累了。"

"我也看到一些，你今天是辛苦了。"说完，姚老师温柔地拍拍玲蓉的肩，"有什么需要我帮忙的吗？"

玲蓉听了鼻子一酸，感觉胸中堆着一团闷气非吐出来不可："姚老师，我能和你说说吗？"

"当然可以。"

"你知道我的一天是怎么过的吗？"

9 月初的姑苏，依然炎热，学校规定班主任 7 点半之前必须到校，管理班级，督促值日生打扫包干区，擦窗台等。7 点半就开始早读了。一周五天，一年级四天是语文，一天是英语。

昨天备课备到 11 点，今天 7 点起床已经有些晚了。简单洗漱，在门口买了份鸡蛋饼，匆匆赶往学校，早读课开始的时候，玲蓉还觉得头晕晕的，没吃好，也没睡好。

定睛一瞧，班上还有 4 个人没到。玲蓉一边指导学生读书，一边快速拿起手机，一个个打电话。7:50 下课，8 点钟做操，短短 10 分钟，非常宝贵，班主任还要做好晨检工作，如果有小朋友发烧、身上有红点点、腮腺肿大等，班主任都要格外关注，尽快和家长联系。

打了几个电话，家长都不好意思地表示："起晚了，正在赶来的路上。"

"那下次早些起床，我们每天都是 7 点半到校早读的。"

"好的，好的，老师，我们知道了，下次注意。"

就剩最后一个小女孩——沈彤彤。玲蓉正准备拨电话的时候，姚老师小跑着过来："方老师，你们班是不是有个孩子叫沈彤彤。"

"是呀！"

"她在门口，不肯进来。她妈正在训她，护导老师也在，你快去看看吧。"

"哦哦。"方玲蓉小鸡啄米似的点头，正想往外冲，却听到班上越来越大的吵闹声："姚老师，我的班……"

"你先去，放心，我帮你看班。"

"谢谢。"玲蓉皱着眉头，急忙跑向校门口。

"方老师，这是你们班的学生吗？"门口的护导老师袁老师问。袁老师全名叫袁萍，是学校教科室主任，40岁左右，身材微胖，脾气温和，不管对老师还是学生都是慈眉善目，轻言细语。

"是的。"玲蓉惭愧极了，忙点头。

"不肯上学，你好好劝劝。"

方玲蓉快步走到门口，沈彤彤的妈妈也在，一看到方玲蓉，立马抱怨道："每天都这样，早上上学就像要了她命似的，方老师，你来了，你看吧，我不管了。"

还没等玲蓉回话，沈妈妈便气呼呼地转身走了。

"哇哇哇……"本来哭哭啼啼的彤彤声音更大了，"妈妈，妈妈，不要，不要走……"

"哎！"玲蓉想拉住已经离开的沈妈妈，但又不能扔下正号啕大哭的孩子，一时愣在那儿，手足无措。

"这位家长，你不能走呀！"袁老师追上前，耐心开导道，"小孩子还没有适应一年级学习，这也正常，我们这时候要多鼓励孩子，不能扔下孩子，否则明天、后天还是老样子，你说是不是？"

沈妈妈听了，脸色好了一些。玲蓉看她正慢慢走过来，忙掏出面纸擦擦彤彤的眼泪，柔声细语道："彤彤，别哭了，和老师一起进班级好吗？班上的小朋友都在等你呢。"

"呜……"沈彤彤声音小了一些，方玲蓉以为她愿意了，便试着牵起她的手往里走，可小孩子一动也没动，低着头，僵在那儿，嘴里嘟囔着，"不要上学，不要上学。"

这根导火索点燃了沈妈妈的怒火："老师，你瞧她那样子，在家里好说歹说都没用，不想上对吧，也别丢人了，回家去，不要上了。"说着就上来扯小孩。

"哎，妈妈，别着急，这人来人往的，不好看，对不对？"袁老师没有慌，她弯下腰，问，"小朋友，你已经上一年级了，长大了。故事里都说哭闹的孩子会越来越小的，再小你又要去幼儿园了。"

"嗯？"沈彤彤嘟着嘴，来不及抽泣，疑惑地望着袁老师，好像在思考她刚刚说的话。

"你先不哭，听老师说。想想你一天在学校，有那么多小朋友和你一起上各种各样的课是不是比现在在外面哭鼻子有意思多呢？美术课画画，音乐课唱歌，数学课数数字，有趣吧！"

"有趣。"听到沈同学喃喃接了一句，方玲蓉在心里张大了嘴巴，又惊喜又羞愧。

"那你现在为什么还不快快进去呢？嗯……让老师猜猜，你怕方老师责备你？"玲蓉看到袁老师仔细地注视着小朋友，语气依然和蔼轻松，"不是？我猜也不是，方老师脾气可好了，对吧？"

"嗯嗯。"玲蓉连连点头。

"那是什么原因呢？作业没做吗？"

"我都做了。"沈彤彤已经停止哭闹，她说话的声音也大了，仿佛在抗议。

"那是什么呢？老师猜不出来了，你能告诉老师吗？"

"我想睡觉。"

"哦，原来是这样啊。"袁老师没有批评，继续娓娓道来，"那你和方老师一起进去，如果你还想睡觉就在办公室睡一会儿，不困了再上课可以吗？"

"可以。"

袁老师朝方玲蓉点点头，示意她带孩子进去，然后转过身继续和沈妈妈交谈。

玲蓉握着沈彤彤小小的手，一边走，一边问："真的是因为没睡够所以不想来学校吗？"

"嗯……"沈彤彤又低下头，不说话。

玲蓉实在摸不透的意思，况且马上就要做操了，她还有一个班要带，便接着问："那你现在还想睡觉吗？"

"嗯……"沈彤彤头也不抬，只是点点头。

"那老师带你去办公室休息吧。"

"姚老师，你知道吗？她在办公室睡到了第二节课下。"

"你后来有没有再和她谈谈。是真的因为没有睡够？"

"当然和她谈了，她说'是'。"

"这件事还要和她爸爸妈妈再谈谈，如果真的是因为困，那是不是晚上晚睡了？你要和他们一起找到原因，否则以后每天早上外面还要折腾一顿。"

"姚老师说得是，我等下还要跟她妈妈打个电话。"

"后来呢？后来你又遇到了什么糟心事？"

第一节课是语文课，今天教《金木水火土》。昨天方玲蓉已经在家里仔仔细细备过课，她其实心里一直自信满满。

"小朋友们，这篇课文会读吗？"

"会读，会读，老师我会读！"坐在最后一排的李梓轩也不举手，立刻高声抢答道。

"我也会读!"在他前面一排的"小胖墩"许晨晨也跟着喊道。

"老师，我也会!"

"我也会!"

……

又接连有几个小孩在下面叫嚷，硬生生阻挡了玲蓉的后半句："听老师读，好吗?"课堂开始闹哄起来，方玲蓉有些生气，不知道是不是因为早上的事花费了她很多心力，此时她已然觉得沮丧和糟糕，便顺着说："那李梓轩你来读一读。"

谁知那个自称"很会读书"的男孩，四行两句，读得磕磕绊绊，一团糟。

"哈哈……"

"哈哈……"

学生们哄笑一堂。

李梓轩个子高高的，瘦瘦的，自尊心很强，他不满地把书扔在桌子上，直直坐了下去。

"昨天是布置了预习作业的，还有谁会读?"

"老师，我来。"

"好的，许晨晨，请你读。"

还是一团糟，断句断错了，"地"读成了"他"，"照"字不会读。方玲蓉又叫了几位同学，也不流利。

整整一节课就在纠正字音、读准课文、哄堂大笑中过去了，原本玲蓉准备的讲解识字方法、生字教学全都"竹篮打水——一场空"。

"姚老师，为什么我的课堂总是乱糟糟的，我准备那么多东西都上不了啊?"

"一年级习惯是最重要的。如果你的学生不会上课，你准备再多东西有什么用呢？"

"可他们不听我的……"

"怎么会呢？你是他们的语文老师，还是他们的班主任。主要原因可能还是他们才从幼儿园上来，也不知道应该怎样上课呀。"

"我跟他们讲过，那个常规童谣早读课一直读的。"

"可是在课堂上，当有人不举手插嘴时，你有没有立刻制止这个行为，告诉他们这是不对的，应该怎么做？当你已经喊了两个人回答问题都失败的时候，如果我是你，我就不会继续叫人起来，我会自己范读，让他们知道正确的读法是什么？当班级开始乱的时候，你有没有让他们停下来，保持安静，还是就这样囫囵吞枣地把 40 分钟挨过去。"

"姚老师，我……"玲蓉被姚老师的话震住了。细细想来，其实在这一节课中有很多时刻，她都可以"拨乱反正"，但都被她白白放过了。

"我一直觉得，我们老师就像一艘船的船长，我们不可以代替孩子学习，但也不能任由这艘船四处漂泊，我们应该为他们指明方向，不管是做人，还是学习、生活。你说是不是？"

"这个比喻真好！姚老师，谢谢你！"

"下午的时候，你还带了几个小孩到办公室，怎么啦？"

上午三节课之后就是午餐时间了。排队前，方玲蓉又带孩子们重温了常规童谣："左手拿勺，右手扶碗，身体坐直，两腿并拢，一口饭，一口菜，小朋友吃得好，干净又安静。"

学生们吃饭的表现还算不错。他们上了三节课，大部分同学这时已经饿了，一荤两素一汤，米饭和菜可以无限添加，每天还有额外的小点心或水果，孩子们吃得喜滋滋的。但也有个别同学挑食严重，玲蓉看到有几个没吃多少就准备把菜倒进桶里，忙放下筷子，走过去说："再吃一些。'一饭一粥当思来之不易，半丝半缕恒念物力维艰'。"

那几个小朋友眨着眼睛，有些疑惑。两三个女孩，乖乖地回到位子上继续小口小口挖饭，可有个瘦瘦白白的男孩却看着方玲蓉，不依不饶："我不能再吃了。"

"为什么？黄景愈你这样浪费粮食呀。"

"我再吃，我肚子就要痛了。"

"嗯？"方玲蓉一愣，这是她完全没有想到的答案，"真的会痛吗？"

"老师，是真的。"

"那你不吃，会饿的呀？"

"我不饿，我饱了。"

玲蓉看着黄景愈的餐盘，白米饭吃了一两口，肉咬了一口，蔬菜基本没动，就喝了半碗汤吧。"这怎么行？"她在心里想，"不饿才怪了。"于是微微板起了小脸蛋说："不行，你再吃一些。"

"老师，我真的不能吃了，我再吃就想吐。"黄景愈理直气壮，也不等玲蓉说话，便手腕一翻，菜盘倾泻，食物"哗哗"流向菜桶。

"唉——"玲蓉叹了一口气，回到位子上，看着面前的菜盘，一点胃口也没有了。小朋友们陆续吃好饭，玲蓉赶忙扒了几口，因为还要指导他们整理餐盘，清理餐桌，排队回班级。然后休息一段时间，又是紧张的中自习。玲蓉来不及喘息，来不及休息，也来不及想很多。

下午是两节课，第一节是体育课，玲蓉会用空课的时间批改作业。新版教材一年级上册第一单元不再是拼音，而是识字。玲蓉从第一节语文课上就已经感觉到学生和学生之间的差距。有些学生识字量比较大，会觉得老师上课的内容太简单了，所以要么肆无忌惮地插嘴，要么走神放空。但更多的学生没有识字基础，上课很吃力，甚至有小朋友幼儿园是在老家上的，听不懂方玲蓉的普通话，只得呆呆地坐在那儿，茫然无措，不知所云。

方玲蓉要兼顾各种各样的学生，觉得困难重重，但硬着头皮也要教啊，还得教会啊！

昨天教的"一、二、三"，基本笔画"一""丨"，玲蓉是在黑板上反复强调的："田字格是汉字的家，有横中线和竖中线。横要平，竖要直，'二'一横短，二横长，三……"

但学生的作业，横想写到哪里就写到哪里，"二"可以变成"="，"三"就像倒着的金字塔……玲蓉根本批不下去，这是要"反攻"的节奏啊！

"丁零零……"下课了，第二节是语文课，玲蓉整理好书本准备重新教生字。

"方老师，不好啦！"班长王婷焦急地跑过来。

玲蓉心中陡然升起一种不好的预感。

"李梓轩和许晨晨在体育课上打起来了。"

玲蓉心中一紧，赶忙跟着班长来到教室。体育老师张德宁老师还在，两个小男孩瞪着眼睛看对方，腮帮子鼓鼓的，像两个时刻会爆炸的气球。

"方老师，这两个学生在课上打架。"

"没受伤吧？"方玲蓉脱口而出，这是她最担心的。

"没有，没有。"张老师是一位高个子的中年男子，说话铿锵有力，"要不是我及时拉开，说不定现在就要挂彩了。方老师，我已经和他们讲过了，你再教育教育。上课打架可不是小事，一年级我教这几个班，你们班纪律最要抓呀。"

"我会的，谢谢张老师啊。"别看方玲蓉脸上堆着笑容，心里可灰心了。送走张老师，上课铃已经敲响。玲蓉看着李梓轩和许晨晨一点也有没有准备上课的样子，还如两只气鼓鼓的小"河豚"。"应该先把他们的事情处理好。"玲蓉想，于是她让班长带着学生读书，在门外继续和李梓轩、许晨晨交谈。

"知道自己错了吗？"

"知道了。"两个男孩齐刷刷低下头。

"错在哪里？"

"嗯……"原以为他们已经明白自己的错误了，谁知这两个小孩愣是像两根木桩子定定站着，支支吾吾，说不出个所以然。

"上课能打架吗？"还有课要上，玲蓉不想拖延时间了，速战速决吧。

"不能。"

"谁先动手的？"

"是李梓轩先踢我的。"

"是你先说我的。"

"许晨晨，你说李梓轩什么呢？"

"老师，我没说呀。"

"老师，他上午语文课上笑我的。"

"上午？"玲蓉哭笑不得，她耐着性子对李梓轩，"即便是因为他早上先说了你，那你能动手吗？"

"不能。"

"对呀，不管怎样我们都不应该动手的，你可以告诉许晨晨不要那样说，你会不开心的，是不是？"

"是。"

"许晨晨，每个人回答问题都可能会出错，我们不应该笑话别人，对吗？"

"是的。"

"好的，现在和好了吗？来，握握手，还是好朋友。"说着方玲蓉拿起两个小朋友的手碰了碰，毕竟是孩子，李梓轩和许晨晨此时已经有些脸红了，不好意思地牵牵手。

"好了，进去上课吧。"

一看表，已经过去十多分钟了。方玲蓉赶紧开始上课，又过了七八分钟，玲蓉突然觉得班里有点臭烘烘的，她没太在意，继续指导关键笔画，可臭味越来越厉害。

"老师，唐静尿裤子了。"

教室一共有7竖排，7横排，唐静坐在第7排第二个。方玲蓉走过去看，果然地上有一摊尿。再嗅一嗅，不对，不是尿，是拉裤子。

"王婷，你把习字册发下去。同学们按照老师讲的，把第一课的生字认真描红，书写，特别注意横中线和竖中线。唐静，来跟老师去办公室。"

方玲蓉带上面巾纸，带着唐静来到厕所。"来，你把屁股擦一下，以后上课时想大小便一定要跟老师说，知道吗？"唐静个子矮矮的，鹅蛋脸上有一双水汪汪的大眼睛。她木木地听了，也没觉得有什么难为情的。

"妈妈电话告诉我下，我让妈妈来帮你送条新裤子。"

"老师，我不知道。"

虽然玲蓉表面上看似有条不紊，但内心早已崩溃，一天什么都没教，事情倒是一件接着一件。天气很热，不能穿着脏裤子，更不能什么都不穿。玲蓉急忙去办公室，问其他老师有没有办法，有老师正好有活动用的围裙，她就借了围裙帮唐静系上，帮唐静收拾干净后，又把她领回办公室，找到家长的号码，打过去。

"喂，请问是唐静的妈妈吗？"

"是的，您哪位？"

"我是她班主任，您现在能过来一趟吗？她大便拉在身上了。"

"她怎么会大便拉在身上的?"电话那头,语气明显不友善,潜台词仿佛是:你没有下课吗?你没有让她去上厕所吗?

方玲蓉有些火,她不想多讲,直接道:"您还是赶快送条新裤子来吧。"

"那她现在怎样?"

"我帮她都擦了,脏裤子也脱了,这边正好有围裙,我帮她系在身上,不会着凉的,你放心。"

"我过来要半个小时。"

"好的,你到了打我电话。"

"姚老师,你知道吗?教室里还有一摊尿。回到教室,他们总体还算好,虽然有声音但也不是那么吵。我看了他们写的习字册,一塌糊涂,根本就没有按照我讲的去写。拖掉尿,下课铃就响了,然后就是放学。我这一天都在干什么呀?"

"九九八十一难。"姚老师弯弯嘴角。

玲蓉觉得这真是说到她心坎儿里去了:"是呀,就像渡劫、历难。"

"其实你遇到的事情,我刚工作的时候都遇到过。"姚老师想了想,继续说,"小孩子从幼儿园到一年级需要一个过渡期,我觉得9月份很重要,你要在这一个月里把规矩立好,让他们适应小学生活。吃饭的事情你做得很对,不过你想想'一饭一粥当思来之不易,半丝半缕恒念物力维艰'这句话一年级小朋友懂吗?你还不如说,每粒米、每棵菜都是农民伯伯辛苦种的,'谁知盘中餐,粒粒皆辛苦'。大白话可能他们更容易理解。还有打架的事情,你一遍又一遍地说'他们应该怎么做',可这是你觉得的,不是他们内心真的感受到的。你可以让他们站在对方角度想想,如果你回答问题错了,被别人笑话了,你是什么感受?如果你被别人踢了，你又是什么感受？让他们自己说，应该怎么办，这样我们解决的就不仅仅是眼前的问题，还有下次遇到同样的问题，他们应该怎么做？你说是不是？"

"下一次遇到问题，应该怎么做？"方玲蓉喃喃自语。

"是呀，下一次有同学回答问题错了，我应该怎么做？下一次当我生气的时候，我应该怎么做？这些不也是关键吗？"

"姚老师，你说得太好了，我怎么就没想到？"

"我也不是一上班就想到，经验，经验！"姚老师一直很谦虚。

"还有啊，你要和家长联系，那个不吃饭的孩子是不是在家里也这样，身体有没有什么问题，比如对什么过敏。"

"对对，这个我也没想到。"

"你可以利用晨会课、班会课，对现在你们班级出现的问题进行专题教育，比如：'我是吃饭小达人''我是常规小能手''争当友爱之星'等。"

"这个方法也好。"

"常规是班级管理的重中之重，是班级教学的基础，把常规做好，你以后会事半功倍的。"

"嗯，就是我感觉我说的话，他们听不懂。"

"你试着站在他们角度去看问题，而不是从大人的角度。"

这些话，轻轻地，又重重地，落在方玲蓉的心上。她的眼前忽然浮现出袁老师蹲下身和沈彤彤说话的场景。

站着的时候，双眼越过孩子头顶，即便俯下身也只是与他平视，所以你看不到他眼里的世界，只有蹲下来，你才能发现那些无理取闹背后的天真童心。

9 月 4 日　　17:57

做一个老师，

首先要成为一个孩子。

之后的日子，方玲蓉一步步尝试着蹲下身，倾听他们的心里话，从他们的角度思考问题，然后再真诚地告诉他们她的想法。

"你希望老师这么和你说话吗？"

"不希望。"

"为什么呢？"

"不好听。"

"那下次你能不能也不要这么说话呢？"

"可以。"

"下次如果再遇到今天的情况你会怎么说呢？"

"我会好好说。"

"怎么说？"

"老师，我说'我不喜欢你这样碰我'可不可以？"

"说出你自己的想法，语气委婉一些，如果我是他，我一定不会再这样抱你了。"

"老师，我知道了。"

"老师会和另一位同学也谈一谈的。有一句话老师想送给你，'君子动口不动手'。"

"同学们，我知道你们都想回答问题，这是一件好事，但你们想过没有，你说一句，他说一句，你们能听得清别人的答案吗？"

"不能。"

"那怎样才能听到别人的回答呢？"

"老师，举手回答问题就可以。"

"小朋友们，你们能做到吗？"

"能！"

"光用嘴巴说可没用，要真正在行动上做到。如果你们做不到，那怎么办呢？"

"老师，罚我们。"

"怎么罚？"

孩子们面面相觑。这时李梓轩举起了手："老师，用戒尺打他。"

这次班级没人起哄了，他们和方玲蓉一样都有些懵。"首先，请大家把掌声送给李梓轩，因为他这次没有插嘴，是举手回答问题的。对不对？"说完方玲蓉带头鼓起掌，孩子们也跟着笑嘻嘻地拍手。"其次，我觉得这样做不好。戒尺是老师用来指黑板上的字，或者敲敲桌子提醒大家的，不是用来打人的。人和人之间如果发生矛盾，也不是靠打架就可以解决问题的。你们说，是不是？"

小朋友们眨着亮晶晶的眼睛望着玲蓉，然后纷纷点点头。

"这样吧，如果有人插嘴，我们就停下来，等全班都安静了，我们再上课，你们同意吗？"

"同意！"

"这是我们的约定哦，来，拉钩上吊一百年不许变！"

"黄景愈的妈妈，我想问下，孩子在家吃饭的情况。"

"挑食很严重，在学校是不是也这样？"

"对，吃得很少。我让他吃，他会说再吃的话就要吐。"

"没有这回事儿，他就是不想吃。"

"那这样，黄妈妈，你在家里也和小孩聊一聊，告诉他什么食物都吃一些，我们吸收的营养才更全面，身体才会棒棒的。我也会在班级里强调的。"

"好的，谢谢老师的关心。"

"没事，这是我应该做的。"

"姚老师！"

"嗨，方老师。有事吗？"

"我想跟你说声谢谢。"

"嗯？"

"你上次说的话，我真是受益匪浅。现在感觉不管是教学还是班级管理，都比之前顺多了。"

"不用谢我，是你自己努力。"

"听君一席话，胜读十年书。"

"我有这么厉害吗？"姚老师平易近人得很，从不端架子，也喜欢和小辈们开玩笑，"对了，明天是教师节，学校要班主任提醒家长，不要送礼物，孩子们画画贺卡，写句祝福，给个拥抱就可以了。这事别忘了。"

"嗯嗯，我马上给家长发消息。"

学前培训的时候，学校就让一年级班主任们建了班级钉钉群，有了班级群，老师和家长沟通更便捷了。不过姚老师一开始就说过："班级群是把双刃剑，建群的时候就要立下规矩。'不以规矩，不成方圆'。"

所以建群的时候，方玲蓉就在群公告中写道：此群是用来反馈学生在校表现，加强家校联系的。所以请家长进群后，将名字改成"某某爸爸"或"某某妈妈"。不要发和学习生活没有关系的信息，不要刷屏，有具体的事可以和任课老师私聊。

家长都很配合，班级群氛围和谐。玲蓉忽然心中生出一种想法：要把班级看作一个家，把学生看成自己的孩子，虽然玲蓉现在连男朋友都没有，但她觉得要把这群小不点儿看成自己小的时候、小时候身边的那些伙伴，要给他们一个快乐而有意义的童年！

9 月 10 日到了。

这是玲蓉的第一个教师节。

因为事情太多，她心里装的是每天的晨检、五项常规检查、昨天需要重做的《补充习题》……所以她都忘了，直到那一个个清脆声音的响起——

"老师，给你礼物。"

"老师，我也有。"

"老师，这是我的。"

……

早读课一下，就有小朋友拿着贺卡、自己折的花送过来。"谢谢，谢谢……"玲蓉忙不迭地把东西揽到怀里，脸颊通红通红的。

小朋友们像群鸟儿，"哗——"过来，又"哗——"散去，可爱极了。

玲蓉望着他们活泼的身影，欣慰地笑了。

"方老师……"说话的是吴梦涵，一个比较内向的女生。

"怎么啦？吴梦涵。"

"方老师，我忘记带贺卡了。"

"没事儿。"

"我……"吴梦涵怯怯地抬起头，她眼睛细细的，眼珠子出奇的黑亮，像两条小蝌蚪。或许是玲蓉的微笑给了她更多的力量，"老师，能抱你一下吗？当作我给你的教师节礼物。"

"嗯？"玲蓉愣了一下，立刻点点头，"当然可以啊！"

吴梦涵听了，开心地笑了，她大大方方地伸开手，抱住方玲蓉，不松开。

"为什么想抱老师啊？"玲蓉好奇地问。

"因为方老师总是愿意听我们说话，"吴梦涵讲得很流畅，"我感觉方老师很喜欢我们。"

"是呀，方老师很喜欢你们，"想也没想，玲蓉真情流露，"你们要一直和老师说话哦。"

"你们看，吴梦涵在抱老师。"

"我也要抱！"

"我也要。"

…………

"小怪兽"们变身"小天使"啦！玲蓉脑子来不及想，就被拥抱围住，股股暖流涌上心田：孩子们，你们知道吗？你们的拥抱就是这个教师节最好的礼物！

> 9月10日　9:25
> 我想我会一辈子都记着这个教师节，
> 我的第一个教师节，
> 那些肉肉的小手，
> 那些温暖的拥抱……

第四章　一场关于"规矩"和"个性"的大讨论

9 月 22 日　　11:02

谈笑有鸿儒，往来无白丁。

其实我很喜欢和大家探讨的感觉……

"玲蓉，我最近有个大大的困惑。"这节是方玲蓉和郝晓佳的空课，她们在一楼 11 人的大办公室，办公室里还有杨老师、姚老师、陈老师、张老师等。陈芳老师和杨老师一样是老教师，教二年级语文，张雨婷老师则是今年新进的老师，教二年级英语。只见郝晓佳把作业放到一边，走到办公室中间发问，声音不大也不小。

"你们班最近上课纪律怎么样？"

"比开学好多了，基本上都能坐住。"方玲蓉转过身，手中还拿着红笔。

"那你不觉得他们这样很呆吗？"

"嗯？"玲蓉放下手中的红笔，认真地望着晓佳。

"我的意思就是你问什么，他们答什么；每节课坐得毕恭毕敬的，吃饭都不能讲话，你不觉得这样很像机器人吗？"

"那你希望他们怎样呢？"没等方玲蓉开口，陈老师已经把话接了过去，"你觉得他们在课堂上想干什么就干什么，这样就是好的吗？"

"我也不是那个意思，"郝晓佳继续陈述，"但把学生都框死了，他们就一点个性都没有了，这就是我们的教育吗？"

"也没有让你把学生框死，只是在教他们遵守常规，遵守纪律，做什么事都要讲规矩。"陈老师点到了关键——"规矩"。有一个很奇妙的现象，在学校里，你几乎走进每一个老教师的班级、课堂，学生都是井然有序的。别人往往总结原因说：老教师教的学生有规矩。但很多新教师的班级，学生无所顾忌多了。又有人说，新老师天真地想和学生做朋友，没有威严，学生怎么可能听她的。这一点张老师深有体味，她若有所思地发表意见："我觉得陈老师说得没错。我们二年级的英语课其实挺有意思的，玩游戏，说英文，唱歌曲。我也想快快乐乐地上呀，可是我带着道具到班上，如果不板起脸，他们就会一哄而上，才不听你讲单词、句子呢！上次随堂听课，校长就坐在后面，原以为他们能懂事点，谁知道卡片刚拿出来，下面插嘴的插嘴，吹口哨的吹口哨，下位的下位，还有人在地上爬。二年级了呀，校长脸色可难看了。下课一直跟我说要抓好纪律，抓好纪律！"

"二（6）班？那你是要狠抓的，已经换了一轮老师了。"杨老师看来挺清楚二年级的情况，她补充道："这个班，出名的。"

陈老师紧接着加重语气："就是一年级没管好呀！"

"我也没说纪律不重要，不应该立规矩，"晓佳有些急了，"就是觉得我们管得太多，教得太死板了，扼杀了他们的天性。"

"你觉得他们的天性是什么？"杨老师问。

"玩呀，闹呀。"

"那怎么玩呢？怎么闹呢？"姚老师起身倒了杯水，笑嘻嘻地问。

"嗯，就是……"郝晓佳一时语塞。

"就像一场足球比赛，如果没有规则，那该多乱多糟糕呢！"姚老师说话很慢，她站着喝了口水，刚刚空气中的紧张味也淡了许多，"我记得前几天有部短片上热搜了，好像是一个老师上课，下面有一个学生回答问题后变成了一只兔子，最后所有人都变成了兔子。视频下面都是对中国教育的冷嘲热讽。可是我觉得并不是所有老师所有课堂都是这样的呀。就像你，郝老师，你已经有要呵护学生天性的意识，这多棒呀！"

被夸奖了，一向大咧的郝晓佳竟然脸红了，羞涩地说道："我就是在'规矩'和'个性'上摇摆不定。其实上课的时候，真的很想让他们各抒己见，但一旦我和颜悦色了，他们就会爬到我头上。我吼一下，他们会静下来，可我又不想一直压着他们，你看，他们才那么小，就要学这么多，一天都安排得满满当当，想想看，不可怜吗？"

"现在的孩子啊……"杨老师扶了扶眼镜，摇摇头说，"是和我们不一样的。我想起我们小时候上学还出去摸鱼、放风筝、割草呢！"

"那不就是诗中的'儿童散学归来早，忙趁东风放纸鸢'吗？"玲蓉觉得很新奇，忍不住吟诗一句。

"呵呵……"周围老师被她一本正经的孩子样逗乐了，气氛慢慢变轻松了。

"郝老师，我觉得你可以不用在规矩和个性中摇摆不定，而是把握规矩和个性之间的度。俗话说，万丈高楼平地起，如果地基都没打扎实，那高楼就会歪掉、倒塌。我们教小孩讲规矩是教会他们遵守规则，不任性，不只想着自己。"

"对啊，现在有些熊孩子，一点规矩都没有，还很自私。"陈老师接口道。

"什么是个性呢？我就说说我的想法啊，我觉得个性不是标新立异，不是老师让学生们思考的时候，一个人突然站起来大声嚷嚷；不是在大是大非面前，一定要为错误寻借口。个性是坚持真理，是大脑永远在思考，并愿意用合适的方式表达出来。"

"太深奥了，姚老师，你在写论文吗？"郝晓佳尴尬地笑道。

"举一个简单的例子。对于一二年级的小朋友来说。如果你不讲规矩，那你的课堂就会乱七八糟，你想传道授业解惑，有地儿吗？有人听吗？好，你现在讲规矩了，小朋友都竖起耳朵了。你问：'弯弯的月亮像什么？'这时有孩子说：'弯弯的月亮像小船。'你说：'对。'又有孩子说：'弯弯的月亮像香蕉。'你说：'对。'还有孩子说：'弯弯的月亮像妈妈的微笑。'哎，这个答案书上没有，那是不是就错了？教育不是人云亦云、千篇一律，我们鼓励各种各样的答案，鼓励多姿多彩的想法，就是在发扬他们的个性。如果他们的思维触及底线，我们及时指出，就是做到规矩和个性的合二为一。你觉得呢？"

"也就是说，姚老师，你觉得规矩和个性是相辅相成的？"方玲蓉问。

"对！"姚老师双眼炯炯有神，"没有规矩的个性会让人为所欲为，没有个性的规矩会让人麻木不仁。"

"哦，我有些明白了！"郝晓佳一边点头，一边坦言。

"说都简单的，做起来就难了。理论嘛，都是纸上谈兵，我相信你们这么优秀，慢慢会自己摸索出来的。"姚老师鼓励道。

"是呀，我们以前刚工作的时候也啥都不懂，"杨老师接着说，"你们比我们那时强多了，好学好问。"

"谢谢姚老师、杨老师、陈老师，"晓佳脸上挂着灿烂的笑容，"以后我有什么问题还和大家讨论，大家千万别嫌我烦。"

"怎么会呢？"杨老师和蔼地说。

玲蓉内心其实挺羡慕晓佳这种无所畏惧、勇往直前的性格，她从小一直都是那种不咸不淡的存在，遇到问题也总是放在心里，不会主动和别人说，要不是遇到姚老师，她想她现在肯定焦头烂额，一团乱麻。"以后，我是不是也应该多问问呢？"她暗暗思忖。

"姚老师，我也有一个问题。"是教英语的张老师，"其实我一直在强调纪律，但课上总是有的人听，有的人不听，我感觉我讲很多遍都没用。"

"哎，我也有这样的困惑。"郝晓佳高举右手，大声喊道。

"这样啊……"姚老师已经在批改作业了，她抬起头，眼镜外框闪着丝金色的光芒，"我们是集体教育，集体的力量很宝贵，很强大哦。我看今天德育处发了通知，明天下午要开'特色班级'分享会。你们可以好好听听，把特色班级建起来。"

"那我可要做好笔记。"晓佳快人快语。

"我也要好好做笔记。"玲蓉朝着姚老师的方向，轻轻地说。

9 月 22 日　12:02

姚老师：其实不管阳春白雪，还是下里巴人，都有可爱的地方。

方玲蓉回复姚老师：？

姚老师回复方玲蓉：海纳百川，有容乃大。

第五章 "太阳（1）班"诞生记

9 月 30 日　14:25

我好像能听懂你们的话呢!

"小朋友们，今天我们这节班会课，要做一件重要的事情，就是我们一（1）班要变成一个特色班级。"

建特色班级，这是学校德育处要求的。每个班级根据实际情况，为自己定位，包括：取名、制作班徽、拟定班级口号、班规、计划等。

德育处副主任张澄老师主管学校班主任工作，她是学校创建第一批特色班级的领头雁。在前几天的特色班级指导分享会上，张老师向所有班主任展示了她的特色班级"向阳部落"，"以梦为马，不负韶华"是班级口号，张老师用一次次不拘一格的活动推动学生的成长："父母说""包饺子""做寿司""主题家长会"……张老师说："向阳花开，可缓缓归矣。等一朵花开，需要很多的时间和耐心，但这也是一种特别的趣味。同样的，建特色班级不是一件容易的事，可绝对有特别的意义。"

会上，学校还邀请了区名班主任工作室老师孙赫老师做了"当教育邂逅温暖与智慧"的讲座。孙老师送给大家四个锦囊——

一、和善而坚定。

二、学会"赢得学生"。

三、确保把爱传递给孩子。

四、能让内心保持宁静的人，才是最有力量的人。

不管是张老师的话，还是孙老师的讲座，方玲蓉都学到很多。一方面，她很佩服这些大神，觉得她们怎么这么厉害；另一方面，心中也有了小小的憧憬，会不会哪一天，在台上分享心得体会的是她呢？

她既忐忑，又觉得浑身热血沸腾。

"特色班级指的是我们（1）班以后会有另外一个名字，展示我们的特色。大家都愿意在这个名字的带领下，好好学习，天天向上。小朋友们，开动脑筋，你们有什么好想法吗？"

"一言堂"的教育永远都只是金玉其外，虚有其表，能打动孩子的还是孩子本身。

"李梓轩，你来说。"

一个月了，以前目中无人的李梓轩已经能举手发言了。"超人班。"

"嗯？"

"老师，我们班就叫超人班吧。"

"你想做超人？"看着李梓轩点头，方玲蓉追问道，"为什么呀？"

"因为超人很威风。"

"哈哈……"小朋友们情不自禁地笑出了声。

仅仅是威风吗？玲蓉想让学生得到更多，又不想生硬传达，灵机一动，她接着问："那你觉得他什么时候最威风？"

"当然是打败坏人的时候。"

"哦，就是维护世界和平、坚持正义的时候，李梓轩，你想表达的是这个意思，对吗？"

"对对，老师，就是这个意思。"

"大家觉得这个名字怎样？"

一个男生举手站起来说："老师，我觉得这个名字挺好的，这样我们就都能做正义的使者，坏人的克星——超人了。"

"想做超人可不是一件容易的事。"经过一个月的讲台实习期，玲蓉如今的"灵光乍现"越来越多，"我们有了知识、勇气、爱心，才能当好超人。"方玲蓉转身在黑板上郑重写下：超人班。"你们还有其他的好建议吗？"

同学们开始活跃起来，他们从刚刚对这个主题的陌生感正式过渡到想去接近它、融入它甚至是改变它、成就它。姚老师曾说，创建特色班级是增强班集体凝聚力的好方法。现在看来，前辈吃的盐果然比小辈吃的米还多呀。

"老师，我想取名彩虹班，彩虹有七种颜色，很漂亮呢！"

"有句话叫'彩虹总在风雨后'，在方老师眼中，彩虹是希望，不管我们遇到多大的困难，打败它，就能看到一道美丽的彩虹。"

"梅花班，我们是小梅花。"

"我们当然是小梅花呀，那我们（1）班能不能更有特色一点呢？"

"禾苗班。"

"小荷班。"

"书法班。"

"读书班。"

⋯⋯⋯⋯⋯

小朋友们发言越来越踊跃，这时方玲蓉发现向来内向的吴梦涵也举起了右手。吴梦涵胆子很小，自从上次教师节的拥抱后，上课虽然坐得端端正正，可从来不会主动发言。看到她举手了，即便是怯怯的，玲蓉已经觉得一阵惊喜。

"吴梦涵，你想取什么名呢？"

"老师，可以叫太阳班吗？"

"为什么叫太阳班呢？"

"因为……"吴梦涵站在那儿，不说话了。她两颗小小的眼珠不安地看看左右，又看看右边。

"没关系，你大胆说。"玲蓉适时鼓励。

"方老师，您是不是很喜欢太阳？"

"嗯？你怎么知道？"

"因为每天中午看书的时候，您总是坐在教室门口一边晒太阳，一边看书。"每天吃完午饭，学校安排了20分钟的午间阅读。方玲蓉和其他老师商量后决定，每周一、二、五是语文课外阅读，周三是英语绘本课外阅读，周四是数学趣味小故事。

玲蓉本身就喜欢看书，所以这20分钟时间对她来说非常宝贵。巡课老师经常会看到这样的场景：（1）班的小朋友们坐在座位上自由自在地看自己喜欢的书，方老师也捧着一本书坐在教室门口仔细看，互不打扰又默契自如。

这样的画面原来真的有印在某人的心中呀！

李梓轩也举起手："老师，有时候吃完饭你会领我们在操场上逛一圈，有时候还在太阳底下放松、散步呢！"

"还有，老师在下雨天的时候说过不喜欢下雨天，喜欢晴天。"

呀，原来，老师的一言一行，学生会看在眼里，记在心上。丝丝感动的同时，玲蓉更觉得压力重重。为人师表理应以身作则，不能做错事，不能做错事呀！

"小朋友们，那你喜欢太阳吗？你在太阳下是什么感受？"

"舒服。"

"开心。"

"快乐。"

"感觉到很温暖。"吴梦涵说。

"老师跟吴梦涵一样。"方玲蓉望着吴梦涵，甜甜地笑着，"我很喜欢太阳，是因为太阳能给人们带来光明和暖意。我也希望你们能成为一个个小太阳，不光自己是温暖的，也可以给别人带来温暖。"转过身，玲蓉在黑板上写下：太阳班。

"现在我们投票吧，在黑板上这些候选名字当中选择你最喜欢的，只能选一个。"

意料之中，太阳（1）班高票当选。方玲蓉冒出一丝疑虑：孩子们是不是太受她的影响了？不过转念一想，师生同心好像也不是什么坏事，我们一起做温暖的人，并且传递这种温暖，难道不好吗？

课上方玲蓉还布置了作业，大家利用国庆假期在家试着给太阳（1）班画画班徽，想想班级口号，如果有好的建议也可以和老师说。

国庆之后，利用班会课，大家选出了中意的班徽，那正是吴梦涵画的——红红的太阳发出金色的光芒，绿色的山坡上几朵娇俏可爱的梅花正向阳怒放。班徽四周还有八个字：心如花木，向阳而生。

方玲蓉问吴梦涵这是什么意思？吴梦涵支支吾吾，想说什么却不会表达，最后只能说，这是爸爸妈妈教的。

方玲蓉笑着说："没关系，我来告诉大家。古人说过一句话叫作'向阳花木易为春'，意思就是，迎着阳光的花木，最容易展现出春天的景象。老师很喜欢吴梦涵想的这个口号，你们知道为什么？"

"因为老师也希望我们像小树苗一样在阳光下茁壮成长。"说话的是语文课代表——许立岩。她识字量大，喜欢读书、讲故事，上课发言积极，语文小测验每次都名列前茅，她很活泼，人缘好，伙伴们都喜欢她。有她在，方玲蓉无须担心语文课会冷场，因为即便是有难度的题目，她也能说出独到见解，就像现在这般。

方玲蓉赞许地点点头，继续娓娓道来："孩子们，请让我叫你们小太阳，你们一定要相信，只要心里想，就能做到。只要你们想成为一个好人，你们就可以成为一个好人；你想学习进步，你就可以学习进步；你想温暖别人，你就可以温暖别人。而当你温暖别人时，你也会迎来自己明媚的人生。"

放学后，方玲蓉在办公室兴致勃勃地完成学校发的"一班一品"任务。在班级一栏写上了太阳（1）班。班级口号是彩纸剪贴的"心如花木，向阳而生"。班徽插入吴梦涵制作的图片。班主任寄语版块，方玲蓉托着下巴，在草稿纸上写写画画。

"哎，你们班特色班级做得不错呀。"姚老师捧着水杯，夸奖道。

一股浓郁的咖啡味儿扑鼻而来，和姚老师认识两三天，方玲蓉就知道她是"咖啡控"，每天都要喝一杯。

"愿成为你们心中的太阳，领着你们向前进。"姚老师慢慢读出方玲蓉草拟的寄语。

"怎样？"玲蓉的心"咚咚"直跳，小声地问。

"挺好的。你真的很爱这些小朋友呀！"姚老师喝了口咖啡，又说道，"不过我下面说的是我自己的一些想法。当我像你这么大的时候，也觉得自己可以成为孩子们的天，孩子们的地，可以改变他们，拯救他们。当然对于一些人是可以做到的。但慢慢的，我觉得与其说领路人，不如当陪伴者，我们不是神，不能左右他们，但我们可以默默地守护着他们。等哪一天，他们摔得鼻青脸肿时，抬起头会发现我们依然在他们身边。"

"嗯……"玲蓉陷入了沉思，她不太明白姚老师的说法，因为从小到大，在她接受的教育中，老师就是路灯、是启明星、是园丁、是蜡烛，照亮了别人，牺牲了自己，可现在姚老师却说……玲蓉糊涂了。

"老师也是人，很平常的人，也有缺点，不会十全十美，就像太阳，光明如它，也有黑色的光斑呀。但我们可以和孩子一同成长，一同变成更好的人，我觉得这才是我做老师的荣耀。"

姚老师笑了笑："看你天天加班，马上快下班了，早些回去吧。"

即便姚老师解释了，方玲蓉依然似懂非懂。成为一名老师一个月，多亏了姚老师、杨老师、郝晓佳……身边这些有经验的人、有爱的人，玲蓉算能站住讲台了，但要想站稳讲台，不靠自己去经历、去磨炼，只靠别人的建议，哪怕是金玉良言终归浮于表面。别人的东西始终是别人的，邯郸学步、东施效颦皆不可取。

当然这些对工作才一个月的方玲蓉来说还有些遥远，她现在所有的心思都放在完成学校安排的各种任务，教学、管理班级，零零碎碎的琐事，等到后来她真的跌倒了，遇到"拦路虎"了，或迎刃而解，或爬起来站起来后，她才开始真正有所感悟，古人说得好："纸上得来终觉浅，绝知此事要躬行。"

虽然无法领悟那么多大道理，但此刻的玲蓉却轻松不少。上班会课时那种如履薄冰的感觉也稍稍消散了：我不是园丁，不是蜡烛，不是春蚕，不是高高在上的启明星，不是遥遥无期的领路人，我就是个平凡的老师，一个二十出头的女孩，一个可以和小朋友一起长大的伙伴，一个可以教他们一些东西的小师傅。

想着想着，玲蓉提起了笔……

　　10 月 8 日　17:07
　　阳光下，我不是站在你的身后或是身前，
　　我就在你的身边！

第六章　家访手札

10 月 1 日　6:00
这个国庆，是回不了家了……

　　上级文件是这么说的："家访作为学校工作的一项重要内容，它是连接学校和家庭的重要纽带，是增进学校关系和师生关系的重要桥梁，是提高学校教育和家庭教育水平的重要途径。"

　　所以为了更好地加强家校联系，区里要求每个学校进行集体家访活动，家访数量不少于学生人数的 30%。经过校长室、德育处商讨，梅山实验小学制定了详细的家访计划，即利用国庆 7 天休假时间，随机对班级内 50% 学生进行家访。由语数英主科老师在和家长约定成功的情况下，到学生家里进行访谈，访谈时间不宜过长，尽量不要超过半个小时，特殊情况特殊对待，最后要做好记录总结工作。

　　太阳（1）班一共 46 人，一半就是 23 人，再分给语数英三位老师，方玲蓉划分到了 8 人。经过 8 次访谈，她感触良多。

No.1
访谈对象：叶玲
性别：女
年龄：7 岁
访谈时间：10 月 3 日下午 5 点

笔记：

按约定时间下午5点来到叶玲家，只有叶玲一人在家。

方：叶玲，你爸爸妈妈不在家？

叶玲：老师，他们还没回家。

方：我跟他们约的是5点呀。

叶玲：他们一直很忙很忙的。

方：那你平时学习上遇到不会的，怎么办？

叶玲：自己先做，等爸爸妈妈回来再问他们。不过他们都很晚回来。

（怪不得叶玲经常作业漏做或做错，平时沉默寡言，不爱说话，上课也从不举手，三门成绩均在班级最后。）

方：我来给你妈妈打个电话，老师等下还要去另外同学家里。

叶玲：好的。

（叶玲说完就乖乖坐在我旁边，看上去有些紧张，然后再也不说话了。）

方：喂，叶妈妈吗？

叶妈妈：是的，是的，你是吴老师？

方：不，我是叶玲的班主任，方老师。

叶妈妈：哦哦，对对，方老师，有什么事吗？

方：叶妈妈，我们今天家访，约的5点，你忘了吗？

叶妈妈：对，今天家访，哎呀，我厂里忙，忘了，不好意思。

方：那你什么时候过来呢？

叶妈妈：今天不行了。厂里有一批单子我跟她爸要赶着做。

方：这……

叶妈妈：要不，方老师你等我一个小时。

方：这，叶妈妈，我下面还有同学要家访。

叶妈妈：那怎么办呢？方老师，实在不好意思，我这边走不开。

方：那我们再约时间。

叶妈妈：好！好！

方：叶妈妈，你等下挂，我还有一点事。

叶妈妈：好，你说。

方：我走了之后，家里只有叶玲一个人了，我不太放心，孩子才这么小。

叶妈妈：我们也没办法，她一个人在家习惯了，没事的。

方：这我不放心呀，我既然看到了就不能不管，万一出什么事怎么办？这样吧，我带叶玲去另外一家家访，家访完一起吃顿晚饭，然后我再到您家，大概七八点的样子，届时有空吗？

叶妈妈：有空的，可是这多不好意思啊！

方：没关系的，安全最重要。

叶妈妈：好的，那就麻烦方老师。谢谢，谢谢。

（电话里叶妈妈的语气一直都很急，看上去真的很忙。挂完电话，我带叶玲一起家访了另外一位同学，然后在肯德基吃了晚饭。叶玲一路上都很害羞。吃鸡块的时候倒很开心，嘴角抑制不住地上扬，我问她好吃吗？她直点头："好吃！好吃！"还羞答答地说："谢谢方老师。"7点半，再次来到叶玲家。）

叶妈妈：方老师，真不好意思啊，这么晚还麻烦你来家访，还帮我带着我们家玲玲，真的太谢谢了。

方：没事。不过我觉得你们还是要注意，不要让孩子一个人在家。

叶妈妈：好的，好的，我们注意。

方：叶妈妈，叶玲平时作业经常漏做，错的也很多。我们现在是一年级，正是打基础的时候，如果最基本的都掌握不好，后面学习会很吃力的。

叶妈妈：她上课是不听吗？

方：听的，但我们一节课的内容量其实都很大，小孩子也很辛苦，要学习语数英三门，如果回家不及时巩固，很多东西都会掌握得不实。第二天新的知识又来了，就像滚雪球一样，越滚越大，后面想补就更难了。

叶妈妈：哦，是这样。唉，方老师，你知道我和她爸爸工作都很忙，每天回来得很晚，玲玲那个时候都已经睡着了，喊她喊不醒，所以……

方：我也知道你们工作很辛苦，但赚钱不也是为了小孩吗？可孩子真正需要的是什么……

叶妈妈：她在学校表现还好吧，和其他小朋友玩得怎样？

方：她一直很乖的，就是不爱说话。

叶妈妈：从小到大都很内向，我也很担心。

方：你们和小孩每天交流的时间长吗？

叶妈妈：我和她爸很忙的。

方：你们要多和孩子说说话呀，谈谈每天在学校的生活，其实孩子最需要的也是你们的陪伴呀。

叶妈妈：方老师，你说的是。我们会注意的。

（谈到这儿，差不多对叶玲的家访就结束了。我和叶玲告别，她表情很复杂，夹杂着兴奋与孤单，小声地对我说："再见！"我接了一句："希望方老师再来吗？"她立马脆生生地答："希望！"我开心地笑了。）

思考：我也不知道叶妈妈到底有没有把我的话听进去。其实乍眼看上去，叶玲家境很好的。爸爸妈妈开的宝马，家也是连幢小别墅，住得离学校并不远，但一周5天早读课她要迟到两三次，说路上堵。放学后，叶玲要一直在传达室等，因为家人总是不能准时接她。从叶玲小朋友的穿着一点也看不出家境，她好几次都穿着明显不合身的偏小的衣服。看来爸爸妈妈为了赚钱是不太顾得着她呀。她喜欢乐迪，我看她房间里都是乐迪，仿佛她的生活里就只剩下这些眼睛大大、乐于助人的机器人了。

No.3

访谈对象：李航

性别：男

年龄：7 岁

访谈时间：10 月 4 日上午 9 点

笔记：

按约定时间上午 9 点来到李航家，李航妈妈、李航和李航的弟弟都在家，李航爸爸在睡觉。

方：不好意思，打扰了。

李妈妈：不打扰，不打扰，我们都欢迎您来。李航你说是不是？

（李航不好意思地点点头，别看他现在腼腆，其实在学校里可活跃了，他很调皮，和同学关系不太好，有点斤斤计较，得理不饶人。）

方：孩子在家表现怎样？

李妈妈：唉，一直和他弟弟抢东西，老师你说怎么办呀？

方：我们不当着孩子面说，好吗？

李妈妈：哦哦，老公你快点儿起床，带一下孩子。李航，你带弟弟去房间喊爸爸起床。

李航：哦，好的。

方：可以问一个私人的问题吗？

李妈妈：可以，你说？

方：李航从小是你们带的吗？

李妈妈：什么？

方：还是老人带的？

李妈妈：说来惭愧呀，这个大宝一出生就放在老家上中班才过来的，但小的就一直是我带。

方：所以可能这就是造成孩子和您之间有距离的原因。

李妈妈：可能是吧。现在我们大人说话，他都不听，让他做作业可难了，还一直打弟弟和弟弟抢东西。

方：你们有没有什么举动让他觉得你们更爱弟弟？

李妈妈：他跟弟弟闹矛盾的时候，我会一直跟他说要让着弟弟。你没生过孩子不知道，小宝现在还小，大家自然都宠着点。会不会这让航航觉得我们更喜欢弟弟？

方：我是没生过孩子，但是我觉得如果两个人发生了矛盾，不能一味地偏袒一方，还是应该把事情搞清楚，告诉大宝应该怎么做，告诉小宝应该怎么做。这样等下次再遇到相似的情况，他们就知道怎么办呢。俗话说得好，亲兄弟哪有隔夜的仇，主要是我们家长要好好引导。

李妈妈：方老师说得是，我以后会注意。唉，你不知道带两个孩子有多辛苦。我有件事要请教一下。

方：您说？

李妈妈：方老师你看，我辞职行不行？现在我又要上班，又要照顾他们两个，实在忙不过来，也什么都做不好。

方：这个……我觉得教育孩子不能只靠妈妈一个人，爸爸也很重要。抚养两个孩子是需要爸爸妈妈两个人的力量呀。

李妈妈：他？唉，不指望，都是我一个人带。

方：所以我觉得这点，您还要和孩子爸爸多沟通。

李妈妈：我和他说说。那……那个辞职的事。

方：我觉得这个您也要和孩子爸爸商量商量。家庭支持的决定最终才能有益于家庭。

李妈妈：说得也是，谢谢方老师。我们家李航在学校还请您多照顾照顾。

　　思考：家访结束的时候，李航爸爸也没有出现。我想李妈妈应该真的很辛苦，自己有工作，还要带两个小孩。和大宝关系不是很亲密，但心里是想补偿的，并且这份补偿心理延续到了小宝身上，这就更造成了大宝和小宝之间的不和谐。妈妈已经意识到了一些问题，却没有办法去平衡。爸爸在家庭里像隐身了一样，我想如果他能多站出来，和妈妈一同面对，那会有更多向上向好的改变吧。

　　No.7
　　访谈对象：吴小山
　　性别：男
　　年龄：7 岁
　　访谈时间：10 月 6 日下午 5 点 30 分
　　笔记：
　　吴小山家不大，中户，把一个房间租给了别人，然后把房子隔了间，吴小山和妈妈、奶奶就挤在其他房间。吴妈妈在园区工作，妆容精致，一副白领的模样。吴爸爸在外地工作，只有空闲时才能回家。
　　吴妈妈：方老师，您来了，请进，请进，家里小，别见怪。
　　方：没关系，没关系。
　　吴妈妈：小山，看，谁来呢？
　　吴奶奶：方老师来了，小山快向方老师问好。
　　吴小山：老师好。
　　方：吴小山，好。
　　吴妈妈：方老师，吴小山在学校表现怎样？
　　方：他很尊敬老师……

吴妈妈：这个我从小就跟他说，成才先成人。

（吴妈妈看向吴小山，吴小山乖巧地坐在她身边，低着头，两条腿却不停抖动）

吴妈妈：就是性子急了些……

吴妈妈：急躁对吧，从小性格就这样，说过很多次都改不掉。

（吴妈妈语气变重了，吴小山也转转头，开始有些烦躁了。）

吴奶奶：孩子还小嘛，慢慢说总会好的。

吴妈妈：哎，方老师，现在也不早了，吃个便饭再回家吧。

方：谢谢，谢谢。不过这个不行，我们学校都有规定的。

吴妈妈：不是出去吃，就是孩子奶奶烧几道菜，都是家乡菜。小山，你让老师留下来和我们一起吃，好吗？

吴小山：方老师，您留下来吧，尝尝我奶奶的手艺。

（说着，吴奶奶已经把菜端到了一个小桌子上，有炒青菜，有毛豆炒肉丝。）

方：那好吧。

（饭桌上，吴妈妈会要求吴小山自己夹菜吃，但吴奶奶会一个劲儿地给孩子夹菜。吴小山对妈妈只有听从，但和奶奶看上去关系很好。吃完饭，家访就差不多结束了。）

思考：我也不知道自己留下来吃饭是不是不太好。但我想，如果当时拒绝了，会不会让他们觉得我是嫌弃他们的家境，看上去吴妈妈很要强，她在孩子身上有很高的希望，所以小山平时在学校里也很要强，只重视结果，并不在意过程，这往往导致他心浮气躁，不能脚踏实地做事情。他妈妈一直指挥着他做事情，孩子心里应该挺有压力的，奶奶看上去很宠他，和妈妈也不站在一条线上，孩子很依赖奶奶。我不由得想到小山在学校斗志昂扬要做一件事，又做不好，便马上掉眼泪，反思时一直找不到自己的错误，全都是别人的不好，是别人拖累了他。最近一直在家访，真让我深切感受到一点：孩子是家庭的一面镜子。

对！孩子是家庭的一面镜子！

在孩子身上你能依稀看到他背后家庭的模样。方玲蓉结束完所有家访，写完手札，重读时惊讶地发现，她遇到了这样的家庭，是她之前所没有经历和看到的：有钱人、二胎、隔代抚养，还有现在网上的热点——"丧偶式家庭"等。

该，怎么破局呢？

怎么给那些渴望的眼神一些有用的慰藉与帮助？

怎么给那些已经长到六七岁的孩子正确的辅导？

怎么让他们不灰心，不泄气，愿意彼此牵手去改变？

……

方玲蓉脑子里一团糨糊，她没有小孩，现在连男朋友都没有，很多情况她其实并不能设身处地去着想。玲蓉靠在椅背上，闭上沉沉的眼，脑海里慢慢地浮现出少时的画面——

方玲蓉从小便很乖巧，听爸爸妈妈的话，上学读书，放学回家。家中还有门禁，如果6点还没到家，爸爸就会满大街去找。可以说玲蓉的生活一直很规矩，像齿轮不急不缓地转动着，一晃便到了初中。

初二，是心理发展到一定阶段了吗？玲蓉望着身边的同伴，忍不住脑袋里嗡嗡作响——

为什么我要把这本书看完？

为什么我不能晚一点回家？

为什么爸爸不允许我星期日去同学家玩，我又不是搞乱七八糟的东西？

爸爸不相信我，妈妈总是把我和别人比较，永远都是他家的孩子棒，我就一定稍逊一筹！

我不要！

我要按照我的心意去做事，我有我自己的想法，为什么你就不能听一听呢？

所以开始和爸妈顶嘴，开始晃啊晃地走路，开始有些向往老师嘴里说的那些"坏孩子"的天空……

这应该就叫作叛逆吧！

是怎样走过那一段兵荒马乱的呢？想不出了，就是爸爸妈妈一直陪在身边吧，即便被用最恶劣的语言抨击了，也依然陪伴着她，耐心地一遍又一遍地讲道理。

记得爸爸说——

"蓉蓉，你现在恨我没关系，我还是要管，你以后长大了就会明白爸爸的良苦用心了。

"蓉蓉，你觉得爸爸到底哪里做得不好，你可以说出来，爸爸也能改的。

"蓉蓉，爸爸不怪你……"

记得那次和妈妈闹得极度不愉快后，妈妈还是会骑着自行车带玲蓉来到步行街，给她买运动会上要穿的耐克鞋——

"蓉蓉，喜欢这双吗？"

玲蓉心里很喜欢，这和她前桌男孩的是同款，他们关系很好，就是那种纯纯的，对视会脸红、耳朵发烫，但也不至于激烈到放纵学业的，淡淡的，美美的感觉。初中毕业没有考进同一所中学，渐渐便断了联系。可当时如果穿一样的运动鞋，一起参加运动会，应该是一件很美好的事吧。玲蓉小心地看了看价格，800多，太贵了。

"妈妈，要不换一双吧。"

"这双挺好看的，就这双吧。"

800块！方玲蓉记得很清楚，那是妈妈半个月的工资。

方玲蓉不是生在大富大贵的人家，爸爸妈妈也都经历过下岗再就业，但他们真的从来没有让玲蓉觉得自己是穷人家的孩子，虽然偶尔会有些小小的不自信，但绝不会自轻自贱。玲蓉爸爸喜欢看书，家里的书柜里、床头都是书。《上下五千年》《读者》《小说月报》……那是玲蓉从小便看见的封面。

小学的时候，她已经读了《鲁宾孙漂流记》《金银岛》……还有她印象最深的《简·爱》《傲慢与偏见》……

她超喜欢简·爱和伊丽莎白·班纳特，她不知道那颗独立自爱、坚韧不拔的种子早在很久很久以前就已然播撒于她稚嫩的心田。

真的很感谢父母，虽然没有锦衣玉食，一直坐着爸爸的自行车度过少女时代，但爸爸妈妈从来都没有放弃她，还试着理解她、包容她，不管她曾经说过多么过分的话，做过多么过分的事，爸爸妈妈一直爱着她。这份爱不是控制，也不是驾驭，而是在她需要的时候及时出现，听她哭，陪她笑，他们的肩膀是她的靠山。

后来课上讲到"家"这个字，方玲蓉动情地说："家不是大大的屋子，而是一家人团聚在一起，相亲相爱的地方。即便那个地方很小，也不豪华，但它很温暖，上面的宝盖头是帮你遮风挡雨的，它就是你的家。"

睁开眼，方玲蓉打开手机，微微颤动的手指拨了爸爸的号码："爸——"

10 月 7 日　19:37
分享音乐《爸爸妈妈》(王蓉)

郝晓佳：怎么？想家呢？
方玲蓉：嗯……
郝晓佳：家访都搞定了？

方玲蓉：结束了。

郝晓佳：是不是很崩溃？

方玲蓉：还好，我只是更想念我的爸爸妈妈了，想对他
　　　　们说声："谢谢！"

第七章　乐迪，会带着我回家

10 月 23 日　20:43

百感交集，五味杂陈……

10 月，在方玲蓉眼中也是曼妙至极，犹如薄荷糖的凉风中有桂花的甜香。天高云淡，层林尽染，硕果累累，多么令人怡然自得呀！

方玲蓉很开心，她本身就是知足常乐的性格，在上班的路上，稍一抬头，蓝天白云便映入眼帘，看着就很愉快呀！

第一节语文课，上得异常顺利，教学内容为拼音"an en in un ün"，前鼻音对小朋友来说并不难，难的是后鼻音，要知道让南方人发出标准的后鼻音实在太难了。课堂上方玲蓉一边在暗自惊喜小朋友们的认真，一边已经在悄悄谋划如何攻克明天的后鼻音难关了。

半节课讲拼读，半节课讲儿歌。现在的语文教材是全国统一的新教材，说实话挺有难度的。一开始便写字，接着三个单元讲拼音，后面还有四个单元的课文，内容多，节奏快。每一课拼音里又安排了词语、儿歌，意图把拼音作为识字的拐杖，让学生能够学以致用。儿歌朗朗上口，画面感十足，对孩子们好像有天生的吸引力。他们很喜欢读儿歌。

今天学习的儿歌，题目叫作《家》——

"蓝天是白云的家，
树林是小鸟的家，
小河是鱼儿的家，
泥土是种子的家。
我们是祖国的花朵，
祖国就是我们的家。"

很简单也很有趣，孩子们兴致勃勃地读着，他们还能仿照着说一说呢——
"竹林是熊猫的家。"
"天空是星星的家。"
"大海是珊瑚的家。"
…………

哇，说得真好！电视、手机、平板的普及，网络的全覆盖，为儿童提供了更多信息，更便捷地获取资源途径，他们接触的、懂得的远比我们想象的多得多，这是一件好事吗？这会是一把双刃剑吗？

真正成为老师不到两月，但方玲蓉明显感觉自己更会思考了。有几次，不经意间，打开QQ空间，看到曾经和阿耀的回忆，那些眼里闪耀着星星的笑脸，被青春岁月粉饰得明晃晃，多么刺眼。玲蓉的心开始"一下、两下"地痛，先很重，尔后变轻，但终究是疼的。这与悲伤无关，更多的是一种被悔恨包裹着的不甘：如果能重来，一定不会把大学时光浪费在泡沫般的风花雪月上，会像一只海绵拼命吮吸知识的甘霖，会挺起胸膛，走出去，参加各种各样的社会实践，会考证，会挑战，会认识更多的人，而不是眼里只有他一个，春去秋来，自我催眠般躲在那误认为温暖的怀抱中，昏昏沉沉，懒懒散散。

可惜，没有如果。

是后知后觉，还是知耻而后勇？总之，现在的玲蓉要学习，要进步，醉心于三尺讲台的世界中，她忐忑又安心，嘴角浮起一丝浅浅的充实的笑。

"你们爱你们的家吗？"

"爱！"

"能说说你们爱的理由吗？"

"因为爸爸妈妈对我们很好。"

"好在哪里？"

"他们会给我买大蛋糕。"胖乎乎的许晨晨笑逐颜开道，活像一只手里握着竹子的小熊猫。

"我生病的时候，爸爸妈妈会细心地照顾我。"王婷开了口。

"作业不会做，都是我妈妈教的。"李梓轩举手发言。

黄景愈也把手高高举起，玲蓉见了立马喊他的名字："黄景愈，你来说。"

"老师……"黄景愈慢腾腾地站起，他就是这样，温吞吞的，吃饭如此，写作业也是如此，你让他快点儿，他仿佛什么都没听到，继续自己的节奏，这是一个不那么容易沟通的小孩，所以看到他今天主动举手，玲蓉又惊又喜，分外专注地盯着他，生怕下一刻他就会像泄了气的皮球，又恢复软绵绵的模样。"老师，之前我吃饭不认真，妈妈纠正了我。她告诉我荤菜要吃，蔬菜也要吃，这样才能得到很多很多营养，我们长大后，身体才会棒棒的。"玲蓉有刹那的发愣，这是她第一次在课堂上从学生嘴里听到她对其父母讲的话，说简单点儿，也是最令玲蓉动容的，她与父母真诚的沟通被接纳了，并作用到孩子身上，这不就是老师存在的价值吗？玲蓉垂下眼眸，她有些激动，缓缓情绪，抬头微笑地说："我们那么爱家，为什么呢？是不是因为我们从中得到了爱？父母对我们的关心和帮助都是爱。爱是相互的，他们爱我们，我们也要爱他们，理解他们，体谅他们，这样我们的家才会越来越好，越来越温暖，你们觉得呢？"有同学小鸡啄米似的点头。

方玲蓉是一个新老师，最明显的特征便是她的语言不够儿童化，总那么文绉绉的。今天她说了这么多，其实有些孩子是听不大明白的，方老师也意识到这个问题，但即便如此，她依然选择讲出来。这不是"满堂灌""一言堂"，而是饱含真情，掏心掏肺的对话与交流。这些孩子是方玲蓉的第一批学生，她真心真意地希望他们变好，愈来愈好，心如花木，向阳而生，她对他们的期盼比对自己未来的考虑还要热烈和长远。

她觉得多说点总没有错，说不定就听进去了，说不定以后机缘巧合会想起这些话，说不定其中的一两句会成为金灿灿的"指路灯"甚至"救命稻草"，前路漫漫，教育不能只关注眼前，人的一生很长很长……

方玲蓉的想法很美好，也确确实实有孩子听进去了，那个坐在教室右侧的女孩，眨着亮晶晶的大眼睛，脑子里一会儿飞快闪过许多画面，一会儿又空空如也，这让她很难受，她轻轻张开嘴巴，想说些什么，却又说不来。

在这个班上，她肯定不算优等生。多次练习都是垫底，作业上红色的叉叉连成了线。休息的时间，别的同学在玩耍，而她却常常被喊到办公室，老师们都很忙，语文老师带一个班加班主任，数学张玥老师教两个班兼年级组长，英语吴静老师带三个班加一年级英语组备课组长，她便被她们见缝插针地"争抢"着，虽然三位女老师都很有耐心，也并没有责怪过她，但小小年纪的她还是觉得很抱歉。

"你再不会，就让你爸妈教吧。"有一次，英语吴老师教她读单词balloon和blue，教了一个中午，她就是分不清，发不准，没辙了，吴静还要赶着外出开会，便无可奈何地丢下这句话。第二天，吴静继续辅导，发现她还是不会，非常生气，立马打电话给她爸妈，结果拨了几次号码都联系不上。她怔怔地望着吴静，吴老师工作才三年，年轻有朝气，声音清脆，语速很快，此刻她瓜子般的脸上，眉头紧皱着，薄薄的上下嘴唇不断翻动，持续的语言输出像一块块石子丢在她身上，她却听不清了，那些字单个拎出，她明明都知道，但组合在一起，她的小脑袋瓜就转不起来，不能马上明白句子的意思。她多想告诉吴老师，她不是故意的，她是不清楚，反应慢。

她也不是故意回家不练习，她有练，晚上在家舌头一会儿平，一会儿卷，双耳分明能听到自己的发音，但大脑就是不会判断，她不知道自己的读音到底发得准不准，如果是错的，哪里错呢？她想问问爸爸妈妈，但一抬眼只有空荡荡的房屋，以及那一个个五颜六色的乐迪。

"爸爸妈妈陪我的时间都没有乐迪陪我的时间长。"

她看电视，动画片里拍到刚出生的婴儿第一次睁开眼睛，映入亮晶晶瞳仁的一定是爸爸妈妈欣喜的激动万分的脸庞。

她小时候也是这样子吗？

她真的不记得了。

她的眼里只有爸爸妈妈匆匆忙忙的影子。"刷——"他们一边打电话，一边吃晚饭；"刷——"妈妈把买的新衣服放进她的衣柜，她开心地小声问："我想现在试试。"妈妈皱皱眉头，有点为难："我等下要出去，没时间帮你试啊，下次吧。""刷——"很早之前就约定的动物园、植物园、游乐园之旅，犹如五光十色的泡泡，总会在临出门前的那一刹那，"啪"地破灭……过往的日子像被按了快退键，"刷——""刷——""刷——"……谁说她记性不好，她明明记得香喷喷的饭菜、海蓝色的艾莎公主裙、电视上播放的植物园宣传片、那紫色粉黛子在微风的吹拂下成了一片梦幻的海洋。

但唯独想不起爸爸妈妈的脸了。走马灯似的杂乱不成章的回忆中，他们的样子是那么模糊，像蒙着一层灰雾。他们每一次说"宝贝，对不起"时，真的有感觉到对不起吗？他们的双眼有正对过她吗？看懂她眸子里的难过吗？他们的动作有因为她小手不停捏衣角的沉默而慢下来，停下来，转过头蹲下身抱抱她，问问她吗？

他们的样子还没有乐迪那般清晰可见，可亲可爱哩！

家人不在的日子里，她爱上了看电视，特别喜爱看乐迪。虽然妈妈觉得乐迪很幼稚，女孩子应该喜欢艾莎、芭比，但她就是喜欢《超级飞侠》，看了一遍又一遍。

爸爸妈妈不理解，正如他们不了解她一样。

那个红色的、永远充满活力与自信的飞行侠，在你遇到困难的时候，一定会及时飞到你身边帮助你。不会抛弃，不会说话不算话，不会临时改变主意，是时候呼叫超级飞侠来帮忙啦！

乐迪，我的愿望守护者！

"乐迪，你能教教我这两个词该怎么读吗？"

"乐迪，你说我读得对吗？"

"乐迪，我明天在英语老师那儿能过关吗？"

大眼睛、笑容灿烂的乐迪咧着嘴，仿佛在说些什么。

他是不是在说："叶玲，我是乐迪；叶玲，我在你身边；叶玲，我们一起加油！"

那么喜欢乐迪的便是在前面家访手札中提到的叶玲。

"嗡嗡嗡——"已经到出租屋的方玲蓉调到振动模式的手机，是叶玲妈妈的电话。

"喂，叶玲妈妈。"

"方老师，我是叶玲妈妈。"

"我知道，我知道。"

"我想问下，叶玲还在学校吗？"

"不在啊，学生我都放掉了。"

"哦，她好像还没回到家。"

"啊！"方玲蓉喝水的动作一停，她惊慌地连忙问道，"怎么回事？孩子我都放掉了，现在班里是没人的，叶妈妈，你今天没去接她吗？"

"哦，方老师，你别急。我今天公司有事，来不及去接，就让我朋友去的。"

"现在你朋友没接到？"

"她说去的时候晚了，没接到。"

"这可怎么办？"方玲蓉急得忙把水杯放下。

"方老师，能不能麻烦你在群里问问，玲玲她有没有去同学家玩？"

"嗯，我马上问。"

"我现在回家看看，方老师，你也别急，说不定她就在哪个孩子家里玩呢。如果有家长联系你，你告诉我一下。"

"肯定的，叶妈妈，如果你有了消息，也请你马上和我说下。"

"好的，好的。"

挂掉电话，方玲蓉只觉喉咙被水泥堵住似的，闷得慌，心七上八下地跳着，她在钉钉群里发消息："各位家长，打扰了。问一下叶玲同学在谁家中？如果有发现请速和我联系。"她拼命回忆放学时的情况……

最近放学的确有了改变。9月份的时候还是所有同学都3点半回家，但后来政府、教育局考虑到双职工家庭3点半不能准时来接，便有了"课后服务"一说，参加课后服务的孩子5点半放学。

本来老师正常下班时间是4点半，但由于课后服务，工作时间便被延长了。苏州是很发达的城市，南环北环中环，高架桥四通八达，一般 5 点半以后就是下班高峰期，住得远的老师估计要近 7 点才能到家。到家后还要拖着疲惫的身子做菜、搞家务，当吃上一口热腾腾的饭菜时，天早已黑透了。

一开始实行的时候，到了六七点，玲蓉便会看到朋友圈里车水马龙的高架，简简单单的康师傅红烧牛肉面，孩子在家里嗷嗷待哺的照片配上同事们三言两语的戏谑或各种各样的表情包，玲蓉一个个点赞，她知道这绝不是抱怨，"苦中作乐"一向是老师最拿手的本事。

学校也知道了老师的难处，迅速做出反应：

1. 把一整段课后服务分为两节课，不允许讲新课，以指导学生认真完成作业、对学习有困难的学生进行辅导与答疑为主；

2. 两节课之间有半个小时的体育活动时间，这个时候所有在校生在班主任的带领下到操场上跑步、做操以及进行主题大课间活动；

3. 第二节课后服务与社团活动融合、打通，部分同学在此时间段参与兴趣小组活动；

4. 所有老师都参与课后服务，教导处统一安排；

5. 当天参加课后服务的老师均可以在食堂免费就餐，晚餐可以外带回家。

今天"太阳（1）班"的第二节课后服务是方玲蓉的。学校实行分段放学，一、二年级 5:10，三、四年级 5:20，五、六年级 5 点半。玲蓉让他们 4:50 的时候就开始整理书包了。毕竟才一年级，整理东西需要时间，打扫卫生需要时间，排个队也需要时间，而 5:10 左右，如果你的班级还没有出来的话，班主任群、全校群就要一波又一波地催促了。门口每天都有行政领导值班，他们拿着记录单，一个班级放了打一个勾，放晚的班级旁边会标上记号，第二天再去提醒。也不怪学校这么苛刻，如果前面年级放慢了，后面的班级就要等，而门口家长越来越多，交通压力实在大。

玲蓉最近也去过几所学校，她觉得好神奇，为什么每所学校上下学都那么堵？后来想想，或许是因为苏州这些年发展得太快了吧。学校刚建立的时候，一个大门，门前一条单行道，周边就几个小区，完全能容纳。后来一幢幢楼房拔地而起，再加上"就近入学"的政策，校门口的交通压力就与日俱增了。

最终还是得靠学校自己想方设法，解决难题。梅山实验小学并不大，三幢教学楼，一幢行政办公楼，每个年级 10 个班，共 60 个班级。门厅也不宽，放 10 个班是不可能的。管校园安全的副校长陶校长经验丰富，他想出了一个好主意，不在大门口放学，而是延伸至门的两旁。校门朝西，门的北面依次单数班级，南面依次双数班级。5 点的时候，班级放学点前面便拉好红线，家长站在红线外，老师举着班牌带领学生走向放学点，老师说："再见！"学生说："老师再见！""看到家长的小朋友请举手……好，从前往后，依次走……不要急，不要急……哎，这位家长你在外面等，不用挤进来……"

"囡囡啊，这里这里……"

"你这个电瓶车不能乱停的啊，你这么一停，后面学生怎么走！"

……

大人的、老人的叫唤声，交警的指挥声，老师的解释声……合成一首喧闹的曲子，每天在校门口演奏着。不知道等那些孩子们长大后，还会不会记得这样的放学，他们想起的会是什么呢？

是老师强打精神地笑着和他们说再见？

是爷爷拽紧他的大手？

是天尽头金色的霞光和看不到的夕阳？

还是夕阳里越来越近的家？

很多时候，放学意味着一天工作的结束，但对玲蓉来说，今天注定是一个不眠夜。

"太阳（1）班"大部分同学都参加课后服务，包括叶玲。方玲蓉记得放学的时候，所有学生都排到队伍里了，到了一（1）班放学点，说完"再见"，孩子们一个个走过她身边，被接走了。

叶玲呢？

叶玲呢？

玲蓉闭上眼睛仔细回忆，她现在恨不得有人能把她催眠，让她可以想起全部，分毫不差。

好像……好像，叶玲朝她摆摆手，轻声说："方老师，再见。"然后从她身边走过了。

是的，她离开了，她是看到了谁，离开了？

"嗡——"手机响了，有家长联系方玲蓉，难道是叶玲的消息，玲蓉忙打开对话框。

姜巍妈妈：方老师，叶玲不在我们家。

方老师：哦哦，好的，谢谢啊。

姜巍妈妈：叶玲怎么啦？是不是没回家？

方老师：嗯，是的，刚刚她妈妈打电话过来，说没接到孩子。

姜巍妈妈：这怎么会呢？每天小朋友不都是当面放的吗？按理说不会呀。

方老师：今天还是我放的学，看着他们一个一个走的。

姜巍妈妈：老师我刚刚在我们家长微信群里也问了，家长们都说没有。

方老师：哦，谢谢你啊。

姜巍妈妈：方老师，不用客气。你刚刚在群里发"叶玲"，我都有些不好意思，一点都想不起班上有这个孩子，巍巍回家从来都没有提过。

方老师：叶玲，她比较内向。

姜巍妈妈：微信群里有家长也说不认识，不知道。

方老师：唉，如果你们微信群里有消息，麻烦你告诉我。

姜巍妈妈：肯定的，老师，你放心。

结束对话，方玲蓉越来越不放心，她又拿起手机打给叶妈妈。

"叶妈妈，我是方老师，叶玲找到了吗？"

"没有，我刚到家，发现家里没人。方老师，有家长联系你吗？玲玲有没有去其他小朋友的家里？"

"在群里发了消息，现在家长反馈是叶玲不在他们家中。"

"唉，这个孩子去哪里呢？这样，我打电话让她爸爸也回来找吧。对了，方老师，你确定她出校门了吗？"

"嗯……我确定。所有同学都出来了，没有人留堂。"

"那怎么回事？"

方玲蓉听得出，叶玲妈妈也开始慌了，她马上接话道："叶妈妈，这样，我现在立马去学校看一下监控，看看能不能看见叶玲往哪里走？"

"好的，好的，麻烦方老师了。"

"你也想想，叶玲可能会去哪里？"

"好的，好的。"

挂掉电话，方玲蓉马不停蹄地赶往学校。门卫室里，一面墙上全是大大小小的监控视频，操场、走廊、门厅、门口……玲蓉和保安打了招呼，便赶紧搜索起来："西门，5点半，一（1）班，出来了，出来了，对，所有人都出来了，看，这是叶玲！"

玲蓉激动极了，她连忙掏出手机，拍下这个画面，然后点击屏幕继续查看。

"叶玲离开队伍，她在向谁走去，没有人啊……"

屏幕中只见扎马尾辫、穿黄外套的女孩，背着红色书包慢慢从监控镜头中消失。她是一个人离开的，方玲蓉不停地抿着嘴唇，她既紧张又担心，怎么说，这也是她的失责。虽然她无数次和学生强调过，一定要等爸爸妈妈爷爷奶奶来，看到家人才能回家；虽然当时家长很多，她背对着家长，小萝卜头们从她身边鱼贯而出；但这些都不能算理由，万一，万一叶玲她……

方玲蓉想都不敢想，她匆匆告别保安，走出门卫室，朝南边走了一段路。突然，她停下来，她这是准备干吗？去哪里？现在她应该做什么？报警吗？玲蓉的身子开始轻微颤抖，她左手撑住墙壁，双眼无神地看向前方，仿佛前面有一条时光隧道，她恨不得跳进去，回到5点半的时候，拉住叶玲的手，拉住她，把她紧紧抱在怀中……

"对了，叶玲是往家的方向走的。我也走过去看看。"这样想着，方玲蓉加快了脚步。

在玲蓉眼中，苏州不是一个有热烈奔放"夜生活"的城市。苏州人很顾家，学校周边7点半以后，路上人就很少很少了。此时，玲蓉一个人走在去叶玲家的路上，凉风阵阵吹得她不由把手放进口袋，掌心有冷汗沁出，喉咙依然像被堵住似的，连咽一口吐沫都显得那么艰难。

很快的，叶玲住的别墅区已经出现在玲蓉眼前。因为家访过，大门口的保安对玲蓉有印象，以为她又来家访，便招呼着让她进去。突然，方玲蓉像想到了什么，急忙问那个年轻的保安，5点半以后，有没有看见一个扎着马尾辫、穿黄外套、背着红色书包的女孩进来。

"每天小孩那么多，咋记得清啊。"一个中年保安接话道。

玲蓉失望地垂下双眸，这是她听见年纪轻的保安的声音：

"我好像有些印象，是不是有点胖？个子不高？"

"对对。"玲蓉兴奋地抬起头。

"书包上好像有个乐迪。"

"乐迪……"玲蓉回想了一下，"对，她红色的书包上是乐迪的图案。"

"哎呀，就是18幢那家的孩子，她爸妈不都是很晚回家的吗？有一次夜里三点多，在门口子狂按喇叭让我们开门的。"

"那一家啊，有印象，有印象，"年长的保安说道，"他们家的小女孩？记得，记得，今天进去了。"

"真的？"玲蓉喜上眉梢，"谢谢，谢谢。我这就进去看看。"玲蓉飞奔着，耳朵听到身后传来响亮的声音："你去小区中心的游乐园看看，小区的孩子都喜欢到那儿玩！"

"好的，好的。"嘴里说着，方玲蓉七拐八拐往小区中心摸索着，远远的，她看到一个乐迪模型的滑梯，忽然她心里有一个强烈的感应："叶玲在那儿。"

一步步，

一步步，

越来越近，

……

果然，她看到一个小小的略胖的身影孤零零地坐在滑梯旁。夜幕浓重，看不清黄色的外套、红色的书包，但玲蓉知道，面前的就是叶玲。她使出全身力气跑过去，边跑边喊："叶玲！叶玲！"

那个影子慢慢直起身来，随之还有一个轻轻的声音："方老师。"

"叶玲，你怎么不回家？"

"方老师……"叶玲的神情有些恍惚，"妈妈没来接我……然后，我就一个人回家了，我没有钥匙，我进不了家。"

"老师不是说过……"玲蓉刚开口，又把后面的话咽下去，"好了，我现在带你回家。"

"耶！"叶玲开心地背起书包，"我刚刚和乐迪说真希望有人带我回家，方老师，你就来了。乐迪真是太棒了，说话算话！"

"我打个电话给你妈。"玲蓉牵起叶玲的手，刹那间她感觉到小孩的手往后缩了缩，但她还是稳稳地握住了肉乎乎的小手，"叶妈妈，孩子找到了，我现在带她回家。"

短短的路程，很安静。一直到了叶玲家，叶妈妈脸上没什么表情，叶爸爸脸色却很难看。

门开着，叶玲站在门口，她没有进门。方玲蓉蹲下身，在她耳边悄悄说："没事，方老师陪你进去。"小手牵大手，她们一起踏过宽大的门厅。

"方老师，你还没吃晚饭吧。要不，我们一起出去吃？"

"不用了，叶玲还没吃，你们也没吃吧，我就不打扰你们了。"

"玲玲，你去哪里呢？你怎么回事？"叶爸爸声音很大，玲蓉感觉到叶玲身体颤动了一下。

"她今天自己回家的，在门口等了很久，看不到你们便去小区的游乐场了。"

"是这样吗？"叶爸爸问。

叶玲慢慢地点点头。

"也怪我不好，没注意没人来接，让孩子自己走回家了。"方玲蓉主动揽了责。

"方老师，和你没关系，是她自己犯浑。玲玲，你知道爸爸妈妈多担心你吗？"叶妈妈语气没爸爸那么严厉，稍稍温和些。

"叶妈妈，叶爸爸，"玲蓉再次站到女孩面前，护住了她，"我都已经和叶玲说过了，她明白的，下次不会了。是不是啊，叶玲？下次要看到爸爸妈妈来接才回家，不能自己一个人走回家，对不对？"

叶玲听了，快速点点头。

"知道就好！"叶爸爸语气也缓和了些。

这时，叶妈妈才发现方玲蓉一直站着，忙说："方老师，要不要进来吃个晚饭。"

"不了，不了，我还要赶快回家，明天的课还没备。"

"好的，那老师回家路上小心啊。"

"没事，没事，再见！叶玲，再见！"

"玲玲，还不赶快和老师说再见。"

"方老师，再见！"

走出金碧辉煌的三层小别墅，方玲蓉的喉咙终于通了，心也不慌了。她步伐轻快，却在不知不觉中走到了那个游乐园。

看上去乐迪滑梯是刚建的，很新。玲蓉的眼前仿佛又浮现出那个小小的身影，她把书包放到一旁，然后从滑梯上一遍又一遍滑下去。累了，她便坐在草地上，看着永远咧嘴笑、展翅欲飞的红色乐迪，她应该会和乐迪说说悄悄话吧——

"乐迪，什么时候爸爸妈妈才来接我回家？"

"乐迪，你会带着我回家的，对吧？"

"咔嚓——"

朋友圈，方玲蓉拍了一张夜色中的乐迪滑梯，发了一行字，想了想，她还是删掉了。再打字，玲蓉摇摇头，删掉，好像胸中有千言万语却不知如何表达。她抬眼，看见皎洁的月光洒向大地，思绪一下子回到小时候。

她之所以那么紧张那么担心，还是和她的童年有关。

那个时候，经常有大人在她面前说，外面有拐卖儿童的人贩子，人贩子多么坏，会把小孩骗到山沟沟里去。有一年她记得特别清楚，国庆节，在人民商场和妈妈买东西。忽然喇叭里传来大人找孩子的哭声。妈妈使劲抱住她。后来新闻里也报道了这件大事，但那个走失的男孩却再也没有一点消息。邻居们都说肯定被拐掉了，唉！当知道叶玲没有及时回家的那一刻，玲蓉仿佛回到了人民商场，她站在柜子旁，听到广播里男孩爸妈撕心裂肺的声音，她好怕……

她怕叶玲也遇到了坏人！

她怕她再也看不见叶玲了！

她又想起从幼儿园到小学，每天都是爸爸骑着凤凰牌自行车，送她上学，接她放学。即便到了初中，她骑自行车了，爸爸也是一路同行的。

她习惯了爸爸从小到大的陪伴，这份朝夕相处的关怀，与日俱增，变成一个光球，藏在她的心房。尔后，阴云密布，或是风雨交加，抑或冰天雪地，都会有一枚暖暖的泛着白光的球从心田中冉冉升起……

那是力量？能量？安全感？爱？

方玲蓉说不清楚。

但她很庆幸她有这些，她也真心希望叶玲也有这些，在她小小的心上挂着一个圆圆的光球，照亮她的春夏秋冬。

10 月 23 日　20:50

童年未必像童话，但幸福的童年会治愈人的一生。

第八章　相亲那些事儿

10月24日　9:51

转发："缘分天空　爱在深秋"优秀青年户
外相亲交友活动等你来！

"玲蓉，昨天叶玲没有及时回家？"方玲蓉上完课刚回办公室，数学张老师便凑了上来。

"嗯，自己一个人走的。"

"然后呢？"英语吴老师抱着书一踏进办公室，忙问。

"一个人走回家，没钥匙开门，就到小区的游乐园去玩了，爸爸妈妈没接到，急死了。"

"最后怎么办的呢？"一直被玲蓉视为"师傅"的姚老师语气里有些担心。

"我去找，在游乐园找到了，送她回家了。"

"哎，玲蓉，你咋知道她在游乐园的啊？你好神！"郝晓佳高亢的声音传来。

"我……"方玲蓉一时不知道怎么解释，便苦笑道，"可能我有第六感吧。"

"这样的学生啊……"老教师陈老师一脸不悦，"你一定要再好好说说。老师天天讲，天天讲，要等爸爸妈妈来了再回家，她怎么还不听？"

"是呀，"郝晓佳跟着说道，"玲蓉，你要开个班会，防止你们班有样学样。"

"嗯……"方玲蓉点点头，说是肯定要说的，但一想到叶玲在乐迪滑梯前落寞的身影，唉，还是不能当堂说，过几天找叶玲再谈谈吧。

"孩子还好找到了，"姚老师说，"以后你们遇到这样的事，还是要及时和学校沟通。"

"和谁说呀？"郝晓佳问。

"管安全的陶校长、德育处朱梦娜主任、张澄副主任都可以。"

"哦哦。"玲蓉和晓佳连连点头。办公室一时间有些安静。"来来来——"姚老师笑着打破安静的氛围，"发这个给你们，你们也转发一下，支持我工作。"

什么？玲蓉好奇地打开手机——"'缘分天空　爱在深秋'优秀青年户外相亲交友活动等你来！"

嗯……

"区共青团搞的活动，帮忙转发呀。"玲蓉知道姚老师是学校的团支书，手指点一点，朋友圈里便转发出去了。

"哇，现在团可是为了我们劳心劳力啊，不仅让我们每周都要做'青年大学习'，还操心我们谈恋爱呢！"晓佳也转发到了朋友圈。

"这是全方位关心。"张玥笑道。

"时间是这周六，玲蓉、晓佳，你们要不要去？"姚老师问。

"我算了吧，我不是优秀青年。"玲蓉下意识地说道。

"哪儿的话，你在我心中很优秀。"姚老师说。

"你们去吧，多一个认识朋友的机会也挺好的。"张玥说。

"你去吗？"玲蓉问张玥。

"人家有男朋友，从大学谈到现在，感情不要太好哦。"吴静打趣道。

"哇……"玲蓉听到是从大学谈到现在的,不由有些羡慕,心却不经意间疼了一下,有个声音在最底处"哗啦啦"漾开,"我原来也想从大学谈到现在的。"玲蓉想。

"玲蓉,你和郝晓佳去吧。"张玥喝口白开水,继续说道,"我听说在苏州,女生结婚都很早的。"

"啥意思?"郝晓佳问。

"女生过了 30 岁就难嫁咯。"陈老师解释道。

"不会吧……"晓佳一脸不可思议,"30 岁就没人要了,就过时了?"

"你不能这么说。"玲蓉快速打断,生怕她一不小心口无遮拦。

"你看看周围的,是不是有这个规律?"张玥看了眼桌上的喜糖,继续说,"你们看,桌上的喜糖都多少盒了。"

"是哦,"晓佳把一粒德芙放到嘴里,"虽然有些老师我都不认识,但都是年轻老师。不过 30 岁,离我还太远了。不急——"

"你想想,你现在多少岁?每天上班能遇到几个男的?"别看张玥双眼水汪汪的,皮肤白皙,长相甜美,但她 1.7 米的个子,做事豪爽,说话也直来直去,从不拐弯抹角。

被张玥说的,郝晓佳真的掰手指算起来,惹得办公室笑声一片。

"呀,玲蓉,真的没多少年!"晓佳一把拍向方玲蓉的肩,"我们一起去吧。去吧!去吧!"

架不住晓佳在大庭广众下的恳求,玲蓉苦笑着点点头:"去!去!陪你去!"

"你们什么星座?"很久没开口的吴静突然问。

"我,狮子座。"郝晓佳大声应道。

"玲蓉,你呢?"

"我……"玲蓉说,"白羊座。"

"我来看看运势，"吴静开始翻手机，"本周运势，白羊座桃花运五颗星！"

"那我呢？"晓佳急忙追问。

"狮子座啊，桃花运三颗星。"

"啊？才三颗，不准不准。"

"不过，财运五颗星哦。"

"哎，那也不错。其他星座呢？"

"双鱼座桃花运五颗星，射手座五颗，哎，摩羯座也是五颗。"

"你们年轻人怎么都喜欢星座啥的，我女儿也看，"陈老师说，"这东西准吗？"

"就是随便看看的，"郝晓佳做了一个奥特曼出击的姿势，"美好的未来当然要靠我们自己争取啦！"

周六，美好的一天来到了！

天公相当作美！天像被清水洗过似的，澄澈清雅，偶尔几朵白云像草原上悠闲吃草的小羊，白得惊人。

方玲蓉看着大好天气，想，这么好的天去相亲是不是太浪费呢？

"玲蓉——"郝晓佳一看到她便来了一个大大的拥抱。

"吃早饭了吗？"晓佳问。

"买了一个手抓饼。你呢？"

"吃了一碗鸡汤小馄饨。"

"不错不错。"

"玲蓉，你今天怎么没有打扮打扮呀？"

方玲蓉抬眼看向郝晓佳，她今天很不一样。齐肩长发向内微扣，一身黄色波点中袖连衣裙，衣领和袖口处都有蕾丝，黑色坡跟皮鞋小巧精致，斜挎着棕色马鞍包，翘起的睫毛显得眼睛又大又亮，整个人淑女得很。而玲蓉呢？马尾辫，长袖白色 T 恤，浅蓝色牛仔裤，果绿帆布包，和平常一样。"我是来陪你的嘛。"

"那可不行，你忘记白羊座这周桃花运可是五颗星哦。"

"那你也信。"

"来，我给你涂个口红。"说罢，郝晓佳便上了手。

"你别搞！"

"蓉儿啊，这可是我花费三百大洋买的迪奥 999。超好看的。"

"天啊，郝晓佳，你为了相亲拼了！"

"来，来试试。"

蓝天白云下，两个年轻的身影打闹着、蹦跳着，元气满满，看上去真的很美好。

一路欢笑，很快便来到了梅山公园。

已经来了一些男男女女，签完到，晓佳拉着玲蓉坐下。主办方设了一个大屏，大屏上有枫叶，有男生女生的卡通图案，有大大的红心，还有"缘分天空 爱在深秋"八个大字。大屏下围了一圈椅子，来自五湖四海的优秀青年就聚集于此。主办方有区共青团、妇联等组织，他们还贴心地准备了饮料、甜点。

方玲蓉对甜点是没有抵抗力的，就像对奶茶和火锅一样。她偷瞄着甜点，竟然没感觉到人越来越多了。

"玲蓉，你在看啥？"

"看吃的。"

"真没出息，快看，有没有你中意的。"

方玲蓉害羞地抬眼，又假装摸头，上下滑动手机："我就是陪你——你有没有看中的。"

"我不是肤浅的人，不能只看颜值。"

"天啊，这是郝晓佳同学说出来的话吗？"

"你啥意思啊？"

"如果你是'颜控'第二名，我想不出谁会是'颜控'第一名。"

"好啦，还是你了解我。蓉啊，你看右边 60 度方向，感觉怎样？"

"板寸头？黑色运动外套？"

"嗯嗯。"

"人高马大，还可以啦。你喜欢这种？"

"我喜欢运动型。"

"你看，他旁边的也不错啊。"

方玲蓉继续望过去，白色衬衫、黑色裤子，坐得笔直，虽然没有细看，但依稀觉得应该是干净清秀的男孩。

"怎么样？怎么样？"郝晓佳激动起来。

"现在男孩子咋都喜欢穿白色，演偶像剧吗？"

"你也穿白色，说不定你们是天生一对哦。"晓佳揶揄道，"哎，哎，你看，主持人出场了。"

"Ladies and Gentlemen，新区各位优秀的帅哥美女们。大文豪苏东坡说：'一年好景君须记，最是橙黄橘绿时。'在这层林尽染、五谷丰登的美好季节里，欢迎大家来到梅山，也特别感谢区共青团、妇联给我们搭建了这样一个精彩纷呈的平台。今天我们设计了很多有趣的游戏、活动，也准备了丰富的甜点饮料大餐。让我们玩得开心，吃得开心。缘分天空，爱在深秋，心动时刻，现在开始！"在男主持激昂的开场白中，阵阵动感的音浪袭来，现场气氛也渐渐火热起来。

到场大概三四十人，围成一圈，第一轮是"正话反做"游戏。规则很简单，就是做和主持人口令相反的动作，做错被主持人看到的，就到前面介绍自己。用游戏的方式解决互相认识的尴尬，这招高！

一开始，主持人报的口令比较慢，也很简单，诸如："向左看""低头""伸出右手"……出错的人较少，后来主持人逐渐加快速度，并且喊出一系列动作，这就让人招架不住了，瞧，那个胖胖的戴眼镜的男生被主持人点到了圆圈正中心。

"大家好，我叫……"眼镜男落落大方，方玲蓉本就抱着陪晓佳相亲的想法，所以听得倒也不认真，一心想着动作千万不要做错，她可不想到前面介绍自己。

"哎，这个是社区的。"

"哦哦。"玲蓉敷衍地回复郝晓佳。

"这个已经 30 岁了。"

"哦哦。"

"年纪是不是太大了？"

"大——大——"

"哇，玲蓉，这个女生身材太好了吧。"

"嗯嗯。"

"天啊，她也是老师。"

"哦。"

"蓉，你太敷衍我了。你没有危机感吗？"

"大哥，我真的就是陪你来。你加油！你加油！"

说加油就加油了，只见郝晓佳一蹦一跳走到中央，举着话筒说："大家好，我叫郝晓佳，今年 9 月刚进入梅山实验小学工作。我喜欢看书、远足，擅长发现新事物，希望可以和更多的朋友一起玩转新事物。耶！"晓佳最后还在脸颊处比了一个剪刀手的姿势。

"玲蓉，玲蓉，我刚刚表现怎样？"

"不错，不错，我给你鼓掌！"虽然可能有人会觉得郝晓佳太张扬了，但或许是因为玲蓉顾虑的事情太多，总是不够勇敢，所以她就特别喜欢晓佳身上这份洒脱。

一轮又一轮，到最后没上台的所剩无几了，方玲蓉算一个，那个白衬衫男生也没失误。玲蓉觉得好像有一束目光正朝向她，她抬起头，又看不到了。

"下面是要开运动会呀。"

"啊，晓佳，我运动不行，下面我就不参加了。"

"就是仿照《奔跑吧，兄弟》，还有撕名牌，一起玩嘛。"

"饶了我吧，你知道我运动真不行。"

郝晓佳看着方玲蓉真挚的小眼睛，无奈地点点头："那你准备干吗？"

"我昨天查资料了，梅山有很有名的摩崖石刻，我想去看看。"说到摩崖石刻，玲蓉的眼里直发光，就像饥饿的人扑到了面包上。

"原来你早有计谋。"晓佳噘起嘴，鼻子里重重地哼一声。

"哎呀，我的好晓佳。"玲蓉抱住晓佳，撒娇道，"你最好了。再说待会儿你跟你的运动男聊天，我也不想做大灯泡呀。"

"好啦，好啦。"难得，郝晓佳脸红了，"你一个人去，危不危险，要不要我陪你。"

"不用，不用，你安心相亲，我有百度地图，放心。"

"那随时联系哦。"

"祝君好运——"玲蓉朝晓佳挤眉弄眼道。

好运也一直伴着方玲蓉，她没费吹灰之力便找到了摩崖石刻。其实梅山公园坐落在梅山山脚，走出大门，根据百度地图，往西边深处再走一会儿，玲蓉便看到一座小山，山腰处有两个鲜红的楷书大字"仙桥"。资料上说，它的含义是此乃一座通向仙界的桥梁。偏上的一块，上面写着四个隶书大字"大块文章"，意思是说梅山风光绝胜，底蕴厚重，在这里可做大块文章。

玲蓉开心极了，她拾级而上，仔细端详"仙桥"二字，真难想象，古人要花费多大的精力才能完成这飘逸遒劲的石刻。拿出手机拍照，玲蓉突然发现一束金色的阳光直射在手机屏幕上，她抬起头，这才发现，越往上，山越陡峭，直至留下一条罅隙，在这一线间蓄满溢彩的流光倾泻到一块块饱经风霜的石头上，一片片落入尘埃的叶脉中，一汪汪如水的眼波里。玲蓉看出神了，大自然鬼斧神工，妙哉！妙哉！

再盯仔细些。上面还有红色的石刻。玲蓉来劲了，立马继续往上爬。"这是什么字？"像一个圆形的章，所有的字包含其中，"喜？"玲蓉小声嘟囔。

"这是篆字图章。"身后响起一个好听的声音。

玲蓉转过头，一米阳光正落在声音主人的脸上，玲蓉看不清，她下意识凑近，嗯……好看的脸，像古代的人啊，眉色乌黑而均匀，大瑞凤眼下有恰到好处的卧蚕，鼻子很挺，月牙般的薄唇此时此刻正微笑着。

"其实这里有四个字，中间是'口'，为四字共用，你这样看，就能看出来。"

方玲蓉按着他的思路，左转转脑袋，右转转脑袋，"喜唯王……"

"'唯和呈喜'你看，像不像？"

"真的？"玲蓉惊喜地喊道。虽然她平时并不喜欢这种突然插嘴，貌似卖弄学问的存在，但不知怎的，现在，她对面前的这个男人却不反感。白衬衫，黑裤子，咦，这不是刚刚相亲会上的"衬衫男"吗？在大脑短路 3 秒的时间里，玲蓉脱口而出："唉？你不是刚刚还在相亲会上吗？"

应该没想到女孩第一句话是这个问题，男人愣了一下，然后温和地解释道："我陪朋友来的，他在玩，我不感兴趣。"

"我也是陪朋友来的，和你一样。"玲蓉尴尬极了，她想不通为什么开口的第一句话竟然是这么没营养没质量的白痴语言，她连忙指指石壁，"我对这个比较感兴趣。"

"我也是。"两个人就这么站着，谁也不知道是否应该先挪一挪脚步。

"嗡——"玲蓉的手机响了，是郝晓佳的电话。

"谢天谢地！"晓佳肯定不知道，此时玲蓉在心里感谢她一百遍一千遍一万遍。

"蓉啊，你现在在哪里？"

"你那边结束啦？"

"运动会结束了，大快朵颐的时间到咯，你快点儿过来。"

"好滴，好滴，我这就来。"说着玲蓉往下走。一般这个时候，如果是偶像电视剧，那男女主应该会发生点什么，但玲蓉从来没想过这些，可偏偏天不遂人愿，不知道为什么又窄又滑的石阶就和玲蓉的运动鞋过不去了，"啊——"玲蓉感觉脚下不稳，身体一偏，下面可是山坡呀，玲蓉恐惧地闭上了眼。"哗——"她又感觉一股扎实的力量把她拉回，她稳稳地直起身。

"没事吧。"

玲蓉睁开眼，碰上"衬衫男"担忧的目光："没事，谢谢啊，谢谢。"

"小心点。"

"嗯。"

"脚还能走？"

玲蓉用手摸摸脚踝："还可以。"

听到肯定的回答，男人绅士地放下扶住玲蓉的双手，"我们一起走吧，他们活动快结束了。"

"他们是运动会结束了，现在正在吃东西。对了，我叫方玲蓉。刚刚特别感谢你。"

"我叫顾冉，冉冉升起的冉。"

顾冉说话的时候，方玲蓉就看着他，彼时的阳光落在他的身后，像为他镶嵌出一山的背景。他变得不那么真实，犹如从一线天中走出来的人，走到玲蓉身边，最终又会走进云深不知处，冉冉升起，冉冉落下……"哎呀，玲蓉，你在胡思乱想什么？"方玲蓉把目光从顾冉脸上移开，直视前方，并在心里警告自己不允许浮想联翩，"看来不是郝晓佳是'颜控'，你方玲蓉，才是！"

"我可以加下你的微信吗？"快走到梅山公园的时候，顾冉问玲蓉。

"可以，可以。"

"你的名字怎么写？"

"我发你。'玲'是王字旁的，'蓉'是草字头的。"

"哦，'玲珑骰子安红豆''芙蓉向脸两边开'呀。"

方玲蓉正在输顾冉的名字，忽然听到他这么说，一惊，脸颊浮起淡淡的红晕："你是语文老师？"

"我不是？怎么呢？"

"我觉得你文采斐然。"

"比较喜欢古诗而已。"

"我也喜欢。"

"哦。"

望着顾冉含笑的双眸，不知怎的，玲蓉就有说话的欲望："我是语文老师。"

"语文老师，好。"

"啊，"玲蓉又羞赧又不知怎么应答，便傻傻地接道，"你好，顾冉，你好。"

"方老师，好！"

玲蓉听到顾冉好听的笑声，但听不到顾冉心里的想法：这个女生，真可爱！

"玲蓉，这儿，这儿！"是郝晓佳在向方玲蓉招手。

"我朋友在那儿，我先过去。"

顾冉感到一阵清风从他面前拂过，他看着那抹俏丽的身影还没等他开口便向不远处奔去。"我是坏人吗？她在怕我？"顾冉自言自语。他再抬头，望见乌黑的马尾一晃一晃跳跃着，不自主地，他想追上去。

"玲蓉，这是于楠。"郝晓佳强压兴奋的语气，介绍道，"于楠，这是我的好闺蜜方玲蓉。"

"你好。"

"你好。"

"这不是'运动男'吗？"玲蓉看着晓佳旁边的男人想。她拉拉晓佳的手，给了她一个"你好棒呀"的眼神。

"顾冉，这边。"

"顾冉？"玲蓉心里重复了一声，幻听呢？不，那白色的衬衫已经映入她的眼帘。

"这是我的好朋友顾冉。"于楠向大家介绍，"顾冉，这是郝老师，这是方老师。她们都是老师。"

玲蓉的脸"腾"一下红了，她好害怕，顾冉再来一句"方老师好。"但莫名的，她又有些小小的期待。她不禁竖起耳朵，只听那张薄薄的嘴唇送来几个字："你们好。"

"好！好！大家都好！"晓佳拉了一把玲蓉，"咯，你最喜欢的草莓蛋糕。"

"嗯，谢谢啊。"玲蓉接过蛋糕，她尝了一口，咦？怎么没有以前吃的那么甜呢？

"女生是不是都喜欢吃甜食？"看来于楠和晓佳一样，都是"气氛组"，找话题的本领杠杠的。

"玲蓉喜欢吃甜的，"郝晓佳尝一口手中的芒果慕斯，眨着大眼睛，继续说，"我也喜欢！"

"我是喜欢吃草莓。"不知怎的，玲蓉觉得晓佳说得不妥，赶忙接上去，又觉得自己说得也不妥，好像太娇气了，"我还喜欢吃辣，甜的、辣的，我都喜欢。"说完立刻把一块蛋糕塞进嘴里，心里想着："拜托，我在啰唆什么，我干嘛要解释，算了，还是别讲话了。"

"我们也喜欢吃辣的。"于楠说。

"下次，我们可以一起吃火锅呀。"晓佳果断接话。

"好呀，"于楠愉快地建议道，"下周，你们空吗？"

"应该空的，玲蓉，对不对？"

"也不知道会不会突然喊我们去加班？"

"老师，也会加班？"顾冉问。

"经常加班。"晓佳语气很无奈。

"我以为老师工作很轻松的，"于楠喝了口汽水，"毕竟有寒暑假嘛。"

"没有工作前我也有这样的误会，现在我知道了寒暑假就是用平时的辛苦换回来的。"

"不至于，不至于……"于楠笑着说。

"哪里不至于，我跟你说……"

"哎呀，好好的，谈什么工作。"眼见着郝晓佳的言行越来越不符合这身淑女装，方玲蓉忙打断她的话。

"对哦，好日子，不谈不开心的事。"晓佳边说边向玲蓉吐吐舌头。

"哈哈，"于楠笑道，"你这话，顾冉可不喜欢听。"

"嗯？"玲蓉又一次竖起小耳朵。

"他呀，可是工作狂。"

"不会吧，那你朋友的工作肯定很轻松。"

"医生会轻松吗？"

"你是医生？"郝晓佳想也没想，便继续说，"那你和我们肯定是走不到一起的。"

"为什么？"顾冉马上问。

"你没听说吗？老师和医生是最不搭配的职业组合。"

"为什么？"这次换到玲蓉疑问了。

"因为都太忙了呀。忙到没时间说话，还谈什么恋爱。"

"哦，这样啊。"玲蓉搅搅手中的草莓蛋糕，默默点点头。

"我倒觉得医生和老师都是太阳底下最光辉的职业，属性很配。"顾冉好听的声音唤得玲蓉抬眸望他，"方老师，你也喜欢吃火锅吗？"

"喜欢。"

"嗯，那我们下周一起吃火锅吧。"

10 月 29 日　　15:47

你能猜出这是什么字吗？

"顾冉，你小子今天有点奇怪哦。"

傍晚，篮球场。

于楠和顾冉正在打篮球。一人防，一人攻。

"你很烦耶！"

"对啊，这才是你。快说，是不是看上人家了。"

"谁？"

"就是那个扎马尾辫的，叫什么的，哦，方老师——"

"啪——"篮球飞向于楠。

"方老师啊。"

"说，你是不是对她有意思？"

"先说你，我看你倒是和那个郝老师打得火热。"

"我的确挺喜欢郝老师的。"

"你这就喜欢呢？"顾冉喝了一口冰红茶，"嗯，很符合你的风格。"

"什么风格？"

"没有女人就活不下去。"

"哎呀，这次不一样，郝老师……"于楠掂掂手中的篮球，脸上洋溢着开心的笑容，"郝老师，是让人觉得快乐的女孩。"

"如果你真的喜欢，那我劝你，别像以前一样。"

"我以前怎样啦？"

"把恋爱当游戏。"

"我怎么会？"于楠话锋一转，"不过谈恋爱嘛，有感觉就在一起，没感觉就分开咯。"

"我已经提醒你了，她们是老师，老师是很较真的，不要辜负了人家。"

"哎哎，你怎么说话像我爸。"

"不听老人言，吃苦在眼前。"话音刚落，顾冉一个漂亮的三分球正中篮筐。

"哎呀，不是说你吗？怎么净说我呢？不要转移话题。要不要感谢我？一开始还不肯陪我去了，现在有收获了吧。"

顾冉没理他，继续运球。

"哎，你怎么不说话？装什么高冷。其实方老师也不错，如果你不中意，我倒是可以联系联系。"

"你敢！"

"哎哟喂，急了，急了。什么时候我们顾哥急成这样？"

"你想追郝老师，你就好好地追郝老师。一脚踏两船，我怕你淹死。"

"唉，看你急得，我人品你还不清楚，不会的，我就跟你开玩笑。"

"有方老师的微信吗？"

"没有。"于楠看顾冉紧盯他的眼神，举起右手，"我发誓，真没有，骗你是小狗。"

"以后不准有。"

"看来，是心动了呀。"

"方老师，"顾冉嘴角浮起一次微笑，"是个可爱的老师。"

傍晚，海底捞。

"被他们说得好想吃火锅，玲蓉，你快点，今天我请客。"

"晓佳，克制，克制。"

"我咋啦？"

"你再不克制，全世界都知道你有看上的人了！"

"你说，他是不是对我有意思？"

"谁？"方玲蓉把点菜的 Ipad 递给郝晓佳，"你说'运动男'？"

"他不叫'运动男'，他叫于楠。"

"好，好，于楠，嗯，你加他微信了吗？"

"当然加了。"

"你们聊了吗？"

"嗯嗯，"晓佳脸一红，点点头，"我还把我们吃的海底捞拍给他看了。"

"你没拍到我吧。"

"没，我知道你不喜欢被拍。"

"那就好。"

"哎，他们在打篮球耶。"说着晓佳把手机递给玲蓉看。

放大照片，再往右拖，是顾冉，玫瑰红的晚霞把他修长的身影拖得长长的，一双狭长的眼睛比霞光还要闪亮，他的嘴角就那样浅浅弯着，却比夜空中的月牙还要迷人，方玲蓉看醉了，都没注意她的脸离手机越来越近。

"你在看谁？""刷——"晓佳把手机拿过来，"我跟你说，于楠是我的。"

"知道是你的，我又不是在看他。"

"哦？那你是在看那个医生？"

"医生很了不起的。"

"可是，医生和教师真的不搭。"

"你听谁说的？"

"微博、小红书上都是这么说的。"

"那你心心念念的'运动男'干什么的呀？"

"在社区工作，我问了。"

"哦哦。"玲蓉不太明白社区工作具体指什么，她吃了一口油条，眼睛却瞟了瞟微信，嗯，顾冉没有给她发消息。

"应该是公务员吧，或者也算事业单位编制，挺好的。"

"你交友还看这些。"

"我都这么大了，相亲就是为了结婚，结婚可不仅仅是风花雪月，柴米油盐也很重要。"

"这也太现实了吧。"

"不是，蓉啊，我真怕你以后被别人骗。有句话没听过吗？'贫贱夫妻百事哀'。"

"可是，也不能只看条件呀。两个人在一起也要有共同语言，不然一辈子多难熬。"

"我也没说只看条件呀。心意、条件都很重要。"郝晓佳把一块肥牛塞到嘴里，看着对面的玲蓉，表情突然变得很认真，"不是我说，蓉啊，你什么都好，就是有时候有些极端了。"

"极端？"

"我真的把你当作我很好很好的朋友，才和你说这些，你不要生气。"

"不会的。"

"就是有时候，你会很悲观，总觉得自己做得不好，害怕别人讨厌你。其实啊，人生在世，不会所有人都喜欢你，也不会所有人都不喜欢你，放宽心，别胡思乱想。"

"你好像比我还认识我自己。"

"蓉，你是不是生气了？"

"没有。"

"哎，于楠问我们下周准备吃啥火锅，他本来想和我们吃海底捞的。"

"我都可以。"

"哎呀，我突然觉得嘴里的海底捞不香了。"

"我去下洗手间。"

火锅店里人很多，吵闹得很。今天的海底捞怎么这么辣？玲蓉觉得心里堵得慌，便借口上洗手间，出去透透气。

我，真的会走极端吗？

我，在别人面前是患得患失的模样吗？

谈恋爱，面包应该大于爱情吗？

······

忍不住，玲蓉开始浮想联翩，她看看手机，微信没有冒出信息。"顾冉，怕是没有看上我吧。"

"嗡——"

微信跳出信息了，玲蓉忙打开，是郝晓佳的。

晓佳：掉坑里呢？

玲蓉：这就来。

"你怎么去了那么久？菜都快被我吃光了。"

"今天太辣了。我有些受不了。"

"辣吗？我觉得还好呀。你要不要再加点儿。"

"不用，不用，我饱啦。"

"对了，你喜欢吃牛肉吗？"

"还可以呀。"

"于楠推荐左庭右院牛肉火锅，我还没吃过，我们到时一起去吃吧。"

"啊，你们两人去吧，我就不做电灯泡了。"

"不是我们两人呀，还有你和那个医生呀。"

"顾冉？"

"我也不知道是不是叫这个名字，反正于楠说，他去的。我们不是下午约好的吗？"

"好尴尬。我都不熟。"

"哎呀，认识认识就熟了，一起去吧。"

"嗯。"玲蓉点点头，她不自觉地点进微信，突然发现有人在她朋友圈下面点赞、回复，是顾冉！她的脸上立刻红晕浮起，喜笑颜开，小手迅速打起字来：

10 月 29 日　15:47

你能猜出这是什么字吗？

顾冉：唯和呈喜。

方玲蓉回复顾冉：谢谢你告诉我。

顾冉回复方玲蓉：这个石刻旁边还有一个很有名的书屋，
　　　　　　　　下次可以一起去看看。
方玲蓉回复顾冉：好呀。

第九章　班费风波

11 月 6 日　5:12

牙疼不是病，疼起来要人命。

晨光熹微，郝晓佳已经在找方玲蓉微信聊天了。

郝晓佳：起了？我看你发朋友圈了。

方玲蓉：被牙齿疼醒了。

郝晓佳：你太倒霉了。

方玲蓉：你咋这么早醒呢？你不是向来双休睡到中午的吗？

郝晓佳：今天不是要吃火锅吗？我睡不着。你不会忘了吧。

方玲蓉：哦，我真的忘了。

郝晓佳：I 服了 U。

方玲蓉：这星期太忙了，你运动会的事搞定了吗？

郝晓佳：搞定了。你们班买班服了吗？

方玲蓉：我和家委会说了，他们选了一套运动服。

郝晓佳：啥样子？给我看看。

（玲蓉翻下相册，把照片传给晓佳。）

郝晓佳：哇，你们班这衣服很好看耶！很贵吧。

方玲蓉：不清楚呀，是他们家委会选的。

郝晓佳：羡慕你们（1）班的家长。

方玲蓉：你咋啦？

郝晓佳：你不知道为了班服的事，我和家长沟通了一次又一次，又是嫌款式啦，又是嫌价格啦，我嘴巴都快说破皮了。

　　方玲蓉：现在怎样？

　　郝晓佳：算是顺利解决了，他们都同意购买其中一款。

　　方玲蓉：可是，学校不是说，这种买东西的事情老师不要参与，让家委会去解决吗？

　　郝晓佳：但家委会也解决不了，不就要来找你了吗？

　　方玲蓉：那我要不要问问我们家委会？

　　郝晓佳：他们又没有来找你，应该没有问题吧。

　　（看着屏幕上的信息，玲蓉又产生了不安的第六感，是不是也应该问问家委会现在情况怎样？）

　　郝晓佳：你牙齿疼得厉害吗？

　　方玲蓉：太疼了。

　　郝晓佳：那你今天火锅还能吃吗？

　　方玲蓉：感觉不行。

　　郝晓佳：Oh，No！你一定要陪我去，我可不想和两个男人一起吃火锅。

　　方玲蓉：可是我牙疼死了。

　　郝晓佳：那也不是办法，你白天去看牙吧，反正我们约的晚上吃饭。

　　方玲蓉：去哪里看呀？

　　郝晓佳：市区，华夏口腔医院，专门看牙齿的，很不错，还能用医保。

　　方玲蓉：OK，谢谢呀！

　　郝晓佳：谢啥，我晚上等你呀。

　　牙疼不是病，疼起来要人命。方玲蓉在床上又赖了一会儿，百度"华夏口腔医院"，发现离住的地方实在太远了，要先转有轨再转地铁 1 号线、3 号线，无缝衔接也要 1 小时 50 分钟，便打着哈欠，睡眼惺忪地爬起来。

起床真是从小到大的"劫难"啊。方玲蓉特别羡慕那些每天五点多在朋友圈打卡早起的人，太厉害了。如果今天晚上要去吃火锅，那白天肯定没时间再回来换衣服，要和顾冉一起吃火锅呀。那是不是要梳妆打扮一下，瞧人家郝晓佳为了见于楠，都没好好睡觉。

方玲蓉边刷牙边看着镜子中的自己想：不过为什么刚刚要拒绝郝晓佳，不想去呢？是因为还没有准备好面对顾冉吗？这一周，也没怎么在微信上聊，每次不过是她发朋友圈，他点赞。顾冉倒不喜欢发朋友圈，这样她连点赞的机会都没有。

"顾冉，应该对我没感觉吧。"虽然有这样的思虑，但玲蓉还是打开衣柜，一件一件翻看，"穿好看的衣服，又不是为了别人；穿得美美哒，一天心情也会好呀。"

还是扎着马尾辫，方玲蓉给自己配上一件白衬衫加黑色百褶裙，外套长款黄色毛衣，脚上一双棕红的皮鞋，整个人学院风十足。由于是第一次去医院，路不熟，玲蓉10点多才赶到医院。

"您好，您在微信小程序上挂好号了吗？"大厅里，服务人员问玲蓉。

"没有。"

"哦，那您可以使用自助挂号机挂号。"

"好的。"

"我来帮您演示。"

"谢谢。"

"今天人很多，如果您现在挂号，那估计要下午就医，您还要继续吗？"

"哦，可以的。"

"挂好了，这是您的挂号单，请收好。"

"谢谢。"

"建议您下次可以在微信小程序上提前挂好号。"

"好的，好的。"

"下午1点半，二楼牙周科。"玲蓉拍了白纸黑字的挂号单照片，微信上发给郝晓佳。

方玲蓉：医院人太多了，要下午才能治了。

郝晓佳：他们家口碑好，人肯定多。

方玲蓉：看出来了。

郝晓佳：你以后可以提前在网上预约。

方玲蓉：明白了，我还没有在网上挂过号呢。

郝晓佳：微信小程序，你搜"苏州卫生12320"，那上面啥医院都有。

方玲蓉：哇，你好棒，啥都知道。

郝晓佳：哎呀，要在这里生活嘛，那肯定各方面攻略都要做齐啦，而且现在啥都有App，很方便的。

就像相亲会上，郝晓佳说的那样，她喜欢新事物，愿意接纳新事物，这和玲蓉不太一样。要不是周围同事朋友都玩微信，学校经常让老师们转发某某信息到朋友圈，给什么什么活动点赞、投票，她或许都不会下载微信。玲蓉其实挺"老古董"的，想法也很传统，喝奶茶永远只喝COCO，手上的手表、背着的帆布包从大学用到现在，出去玩晚上9点之前不回家就心慌。最让她心安的应该就是她的家了，她怀念她的卧室，有大大的红漆书柜，里面摆满了各种各样的书籍，从《中国通史》到外国名著，从《辞海》到《三体》。高高的书桌前正对着透亮的窗户，窗户外是一方小小的院子，一抬头便能看到奶奶种的茶花、月季。夏天的时候，他们一家都是在院子里吃饭的，她怀念爸爸在每一个夏夜买的不同美食——水晶包、凉拌腐竹、鸭翅、鸡腿……她怀念爸妈慈爱的笑容，她怀念没有开花的枝头随风摇曳，绿色的叶子像舒展的裙摆点缀着女孩一个个天真烂漫的少时幻想。

她真想永远留在家乡，待在父母身边，这样牙齿痛了，爸爸肯定会陪她。小镇上，去哪里都很近，上午去上午就能看完，走几步回到家，说不定还能喝上妈妈煲的鸡汤呢。

"嗡——"手机在响，微信跳出对话框。

郝晓佳：还在吗？

方玲蓉：在。

郝晓佳：对了，我突然想起来。顾冉不是牙医吗？你咋没问问他。

方玲蓉：我忘了。

郝晓佳：也不知道他在哪里做牙医，早知道你就可以让他帮你看牙齿啊。

方玲蓉：算了吧。

郝晓佳：？

方玲蓉：太尴尬了。

方玲蓉一想起自己张大嘴巴对着顾冉，哦，那场面还不"社死"？咦？她怎么这么在意她在他眼中的样子，难道她喜欢上他呢？

怎么会呢？才见过一次面，也不怎么熟悉。

喜欢哪是那么简单的事情。

微信页面继续闪动。

郝晓佳：蓉，你相信一见钟情吗？

方玲蓉：不相信吧。怎么呢？

郝晓佳：我在想我对于楠是不是太积极了？我应该矜持一点，对不对？

方玲蓉：这个我也不太清楚呀。

郝晓佳：蓉啊，悄悄问你，你谈过恋爱吗？

方玲蓉：谈过。

郝晓佳：几次？

方玲蓉：一次。

郝晓佳：大学？

方玲蓉：嗯。你呢？

郝晓佳：没有。

方玲蓉：你没谈过恋爱，不会吧。

郝晓佳：咋啦？

方玲蓉：嗯……你看着可是"阅男无数"。

郝晓佳：哎呀，我就是说，我应该矜持一点。

方玲蓉：我觉得如果他喜欢你就会喜欢你的一切。

郝晓佳：名言！不愧是谈过恋爱的人。

方玲蓉：呃……被劈腿了，恋爱很失败。

郝晓佳：你这么好居然不珍惜，是他瞎了眼。宝贝，你一定会遇到更好的。

方玲蓉：先不说我啦，祝你今天马到成功！

按掉手机，方玲蓉坐在医院的椅子上。下午看病开始了，机器开始报号，玲蓉的意识却有些恍惚。是的，她无意间知道了阿耀坚持和她分手的原因，什么父母不喜欢，什么她很弱，都是借口，归根究底不爱了，他不喜欢她了。他遇到了学生时代的女神，"白月光"就是爱情里最完美的存在，她一勾手指，男人便丢盔卸甲，匍匐裙下。

"呵呵……"想到这里，方玲蓉轻笑了几声，摇摇头，仿佛要把这些不快的回忆全部甩掉。过去就过去了，郝晓佳说的，我这么好总会遇到更好更适合我的男生。遇不到也没关系，我现在一个人不也挺开心吗？

"87 号，方玲蓉请到 B7 就诊。87 号，方玲蓉请到 B7 就诊。"

听到报号，方玲蓉赶快往门里走。牙周科在口腔医院的二楼，左右两边都有门，共 13 个小隔间。玲蓉在心里数着号码牌："1——2——3——"

"B7。"坐在玲蓉面前的是一个男医生，穿着白大褂，戴着白帽子、白口罩，"您好。"

"有什么问题？"医生声音有些沙哑，可能感冒了。

"我这边的牙齿很疼。"玲蓉用手捂住右边的脸颊。

"好的，你先躺下，我看下。"

玲蓉笨拙地躺在仪器上。

"往下一点。"

"好的。"玲蓉挪挪身子。

"我是说，往下来一点，不是往上。"医生沙哑的声音中隐隐有些笑意。

"哦哦，"玲蓉赶忙调整。"我真蠢啊。"她在心里说。

灯光对准她的脸。医生敲敲她的牙齿："是这颗吗？"

"是的。"

"这牙齿蛀得很严重啊，要治一下。"

"好的，"嘴巴大张着，玲蓉说话很含糊，"医生你看着弄就好了。"

"嗯，"医生点点头，又说，"会有些疼，你忍一忍。"

"好。"

这是玲蓉第一次治牙，本来并不紧张，但听着"呲呲——"锯子般的声音，心跳莫名加快了，生怕仪器会碰到舌头，划开嘴唇。玲蓉不知道她此时表情活脱脱一个"囧"字，眉毛像遇到危险的蚯蚓瑟瑟抖动，眼帘紧紧地闭上了。

"疼——"她忍不住叫起来。

"疼吗？那我再小心一点儿。"

玲蓉听了，刚想点头，突然听到医生说："别动，治牙的时候不能乱动。"

"嗯——"玲蓉只能从喉咙里发出附和声。

"还疼吗？"过了一会儿，医生又问。

"还好。"

"你先漱一下口。"

"哗——"玲蓉将嘴里的水吐了出来，一起滑到洗水池里的还有菜叶子、血丝、黑黑的东西……"今天的中午吃的饺子……"玲蓉立马想到。

"我的牙怎么蛀得这么厉害呀？"

"你喜欢吃甜食呀。"

"那是不是以后不能吃了？"

"多吃甜食对牙齿是不好的。"

"那以后要戒了，"玲蓉重新再一次漱口，"医生，我要不要吃什么药？"

"不用。"

"那还有其他方法保护牙齿吗？"

"其实你每天刷好牙就可以了。"

"我每天都刷牙的。"

"每次吃完饭都要刷一下牙。"

"张大嘴巴，还要一会儿功夫。"

玲蓉乖乖张开嘴巴，有仪器挂在她嘴两边，把嘴撑开，真难受。不过这时候，玲蓉已经不那么害怕了，许是早上醒得太早，此时她有些困了，便闭上眼睛，心无杂念。

一阵凉风吹过，嗯，穿着短裙的腿有些冷，又有一阵风。玲蓉微皱眉头，徐徐睁开眼，是谁把窗户打开了？

"怎么呢？还疼？"医生问。

玲蓉想解释窗户开了，有风，冷，但一来她这嘴巴根本不能清楚表达这么长的句子，二来她怕医生觉得她事多，她觉得这个医生已经很亲切很好了，便摆摆手，没说话。

医生看了看她，她长长的睫毛像被风吹动的树叶簌簌抖动着，忽的，他又看到面前女孩把膝盖靠紧，左右手拢住裙摆，有风，他再抬头，哦，是对着女生的窗户不知什么时候被人打开了。他急忙把窗户关上，随手拿了一条毯子盖在她身上。

"来，再漱一下嘴。"

"嗯。"

"下次来看牙，别穿裙子。"

玲蓉看着腿上的毯子，点点头："谢谢。牙齿还要再来看吗？"

"一次是治不好的。"

"还要几次？"

"你这牙齿，再来一次应该就可以了。"

"那什么时候来？"

"过半个月吧。"

"下次来，还能挂您的号吗？"

"你来之前提前在微信上和我说一声，我帮你留号。"

"好的。"玲蓉重新躺下，猛地像想起了什么，又坐起来问，"需要我加下你的微信吗？"

"不需要。"

"嗯？"玲蓉不解地望向医生，只见他缓缓地拉开口罩，微笑的眉眼一下子展现在玲蓉眼前。

"我有你的微信，方老师。"

"顾冉！"玲蓉张着嘴巴，说不清是惊还是喜，"好巧。"

"是好巧。"顾冉重又戴上口罩，那明媚的笑容就像阳光一点一点被掩盖。

"先躺下，还有一点点。"

玲蓉比了个"OK"的手势，乖乖躺下。

"来，把嘴张开。"

的确是沙哑的声音，但却仿佛通了电，形成无形的电流，"嗞"得玲蓉两颊绯红，脖子发痒。

"你上下咬咬牙齿，看能不能闭合。"

玲蓉试了试，点点头。

"真的可以？"

玲蓉眨着眼睛看顾冉。

"你不要不好意思说，如果不完全闭合的话，下次吃东西会不舒服的。"

玲蓉又试试，"可以——"她发出含糊的声音。

"好的。你再漱口水，好了。"

玲蓉坐起身，问："我需要注意些什么吗？"

"三个小时内不要吃东西，最近不要吃辣的热的硬的。"

"只能吃清淡一些的吗？"

"对。"

"那晚上火锅是不是也不能吃了？"

顾冉一愣："按理说，是不能吃的。"

"那我要和晓佳说一下了。"

"拿这张单子去一楼付一下钱。"

"然后就好了，对吧？"

"是的。"

"谢谢你。"玲蓉接过单子，真诚地说。

"对了，你下午还有其他的事吗？"

"嗯……"玲蓉想了想，"不吃火锅我就直接回家了，备备课，休息休息。"

"那你等等我。"

"嗯？"

"这附近有家好吃的粥店，我们晚上一起吃。"

"那你不去吃火锅了？"

顾冉拉开口罩，朝她微笑："你都不去，我去干吗？当电灯泡吗？"

"那你什么时候下班？"

"5点半，晚吗？"

"没事，我刚刚看到旁边有家书店，我进去逛逛。"

"你说彼岸书屋？"

"嗯。"

"那里挺不错的。"

"那我在那儿等你。"

"好，到时候联系。"

和顾冉告别，到一楼交钱，一共花了2000多，自费800左右，其他走医保，玲蓉看着银行发过来短信，心想：看牙，果真很贵啊！

走出医院，走在铺满金色银杏叶的水泥道上，两点半的阳光透亮却不刺眼，和顺也不冷峻，恰恰好的温暖，正正好的轻柔。

方玲蓉脚下的这条街很有名——"道前街"，是一进秋便成诗入画的街。两边都是古色古香、粉墙黛瓦的网红店铺，将传统和时尚完美融合。这里有条不成文的规定，掉下来的叶子不用打扫，就任它飘飘然飞落，任它越积越多，层层叠叠，任它迎着光被雨淋乘风吹，任它颠沛流离碾作尘，任它……

玲蓉一眼望去，道前街像铺上了一块彩色的地毯，这是一块印着落叶图案、闪闪发光的地毯，从每一个人的脚下往前铺，一直铺到很远很远的地方，铺到路的尽头……

玲蓉靠边蹲下，拾起一片银杏叶，仔细端详：真像一把金色的小扇子呀！用手扇扇，回转的气流带来泥土的芬芳，再对着阳光，叶片瞬时像被施了魔法，从内到外都亮堂起来，黑色的小点犹如神秘的暗物质，引发人几多联想。

"哎，把这些叶子拾回去，奖给孩子们，他们肯定喜欢。"凝视着银杏，玲蓉仿佛看到了李梓轩、许晨晨、叶玲、姜巍、许立岩、黄景愈、吴梦涵等孩子们灿烂的笑脸。

她还想和他们说更多的话——

"太阳班"的班级口号："心如花木，向阳而生。"

龚自珍的诗："落红不是无情物，化作春泥更护花。"

金波的散文："每一棵大树都很美，每一片叶子都很美。为了我们的大树，做一片美的叶子吧！"

……

玲蓉拿出手机拍落叶，拍大树，拍一眼看不到头的道前街，镜头里每一片银杏的叶子，都各不相同，千姿百态，有的边沿微微翘起，有的熨帖地粘在路上，它们排列得并不规则，甚至有些凌乱，然而这更增添了街道的美。

下周中自习，把这些照片做成PPT放在多媒体设备上播给孩子们看，他们肯定会"哇""哇"喊个不停。玲蓉想让他们看到这个世界的美丽、大自然的奇妙。讲的那些大道理、诗词歌赋，虽然一年级的小不点儿听起来会有些费力，但总有一天他们会懂的。在很长很长的时光里，说不定就有一片银杏叶会勾起他们对美好生活的眷念和向往。

玲蓉觉得自己"好为人师"了，但她真的很爱"教师"这份职业，毕竟她从小的理想就是做老师啊！

11月6日 15:08

一叶落，秋思长，岁月应无恙

姚老师：去道前街呢？

方玲蓉回复姚老师：嗯嗯，姚老师好眼力。

姚老师回复方玲蓉：在苏州，只有道前街的银杏叶才会
　　　　　　　　　　这么美！

方玲蓉回复姚老师：是呀，诗情画意，太美了。

张玥：停车坐爱枫林晚，霜叶红于二月花。

方玲蓉回复张玥：拜托，这是银杏叶，不是枫叶。

张玥回复方玲蓉：原谅我，我是数学老师。

方玲蓉回复张玥：原谅你了，我以后给你补课。

张玥回复方玲蓉：可是，我此时诗兴大发，让我再来一
　　　　　　　　　句——"半是红叶半是黄，慢数流年
　　　　　　　　　赏秋光"。

方玲蓉回复张玥：太棒了，周一语文课你去上吧。

张玥回复方玲蓉：我网上搜的。嘿嘿。

方玲蓉回复张玥：8G冲浪，非你莫属。

郝晓佳：蓉啊，你牙齿看好啦？什么时候来？

看到郝晓佳的留言，方玲蓉立马给她微信。

方玲蓉：在？

郝晓佳：你终于想起我了。

方玲蓉：一直在心上。

郝晓佳：牙齿看好了？

方玲蓉：嗯嗯，刚看好。亲，对不起。

郝晓佳：？

方玲蓉：我不能来吃火锅了。

郝晓佳：？？

方玲蓉：医生说，弄完牙齿不能吃辣的烫的硬的。

郝晓佳：这样啊。

方玲蓉：不好意思啊。

郝晓佳：那你今天什么都不能吃呢？

方玲蓉：粥。

郝晓佳：可怜的娃。

方玲蓉：过段时间还要去治，一次治不好的。

郝晓佳：啊？那我一定要好好保护我的牙齿。

方玲蓉：嗯嗯。

郝晓佳：刚刚于楠发消息来，他朋友今天也不来吃火锅了。

方玲蓉：哦。

郝晓佳：只有我和他两个人，会尬？

方玲蓉：郝晓佳，你是谁？你是最勇敢最漂亮最青春无敌的郝晓佳，只要你不尬，就没人会尬。

郝晓佳：说的是，我真的太爱你了。

方玲蓉：哈哈，我也爱你！

郝晓佳：哪一天我脱单，你就是我的媒人。

方玲蓉：到时候我要坐主席的。

郝晓佳：一定！一定！

　　方玲蓉边发微信边走，很快就到了彼岸书屋。她一直在犹豫要不要把遇到顾冉，待会儿还要和顾冉一起吃饭的事告诉郝晓佳。"嗯……还是不要打扰她了，让她安心约会去吧。"玲蓉盯着手中的一本书想，"我和顾冉八字还没一撇，等……等有结果了再跟她说也不迟。好的，就这么愉快地决定了。"

　　玲蓉考虑清楚，注意力才集中到手中的书上，是顾漫的《微微一笑很倾城》。顾漫的书，玲蓉基本都看过，"言情天后"嘛，文笔好，故事有趣，没什么钩心斗角、弯弯绕绕，里面的男主角都是极致优秀的青年才俊。玲蓉看着封面上穿着白色衬衫的动漫男主形象，不知怎么，就想到了顾冉。他刚刚穿着白大褂的样子，也很帅呀！他戴着口罩，露出一双亮亮的眼睛；他贴心地为她关窗，盖上毯子；他的嗓子虽然沙哑，但声音很温柔很好听；

他……

他还看到她"劣迹斑斑"的牙齿，这才是尬上天！玲蓉快速地把书放回，双手捂住渐渐发烫的脸颊，太丢人，太丢人了！

"呼——"玲蓉噘起嘴唇往外吹气，透过窗，看到一对对情侣手牵着手欢笑着走过银杏树，忽然脑海里涌现出以前看过的一部部电影——

大美人全智贤在一大片《雏菊》中面对两个男人踟蹰不定；《晚秋》里，气质女星汤唯和英俊小生玄彬在各自历经沧桑后，来了一场浪漫的秋日邂逅，就好比飘零的黄叶遇到了骄傲的果实。他们只用一个眼神什么都没说，又好似什么都说了……

秋天的爱情啊，是活泼可爱的，是浓郁哀愁的，是美丽的，是短暂的。所以网上都说："秋天是个适合恋爱的季节。"因为秋天太短，短到你我都不能回头，所以爱恋要发生在秋天，要赶在冬天来之前！

"秋风何洌洌，白露为朝霜。"现在已经深秋了，再不恋爱就要等明年啦！

玲蓉摇摇脑袋，她觉得她有些魔怔，"美色误人，美色误人啊！"她嘀咕着朝书店深处走去。

彼岸书屋在网上赫赫有名，是一个结合人文、茶饮、工艺、设计的创意生活实验空间。一个人，一杯茶，一本书，就能度过一个漫长而舒适的休息日。书屋里有购书区、文创区、休闲区、活动区。这里的书还是比较多的，活动区每周都会举办读书讲座、绘本沙龙、亲子游戏等活动。

"不会吧，东野圭吾又出新书了。"方玲蓉拿起《透明的螺旋》，在心里暗叫。东野圭吾是玲蓉很喜欢的作家。从《放学后》到《解忧杂货店》，从"神探伽利略系列"到"加贺恭一郎系列"，他的书玲蓉基本都看了。玲蓉最佩服的不仅是东野设计的诡谲情节，还有他写作的速度，几个月就能出一本，能保持这样旺盛的创作力，真是太厉害了。

方玲蓉毫不犹豫地买下，在休闲区点了一杯热可可，迫不及待地看起来。

哇，又是以侦探草薙和物理学家汤川教授为主要人物破解一桩神秘谋杀案。汤川全名汤川学，帝都大学物理系教授，外表英俊，头脑精明且绝对理智，人称神探伽利略，玲蓉很迷他。或许是因为方玲蓉是个感性远胜于理性的女孩，再加上中学时代物理基本没得过高分，所以她对在智商上完全碾压她的纸片人汤川教授非常崇拜，相当于那种对学霸的仰视。

虽然学生时代，玲蓉也会被别人仰视，毕竟她的文科的确很棒，但数学和物理是她心中永远的痛。后来考上中文系，进了人文学院，当上语文老师，不用每天再和理科打交道，她真的太开心了，一切都像做梦般似的如愿以偿。直到现在玲蓉有时内心还会生出一种不真实的感觉，生怕下一秒所有都被打碎。就像《透明的螺旋》描绘的那样——

人生，犹如一艘小船，行驶在大海中，常常被命运之手任意拨弄。你以为，风和日丽一路坦途，却突然阴风暴雨，打翻船桨，落于深海，无人拯救。

看，方玲蓉就是这样感性至上，非常敏感，一首歌一个片段一幅画面都能让她坠入自己的世界中，不知这是不是喜爱文学、钟情艺术的人的通病？

玲蓉看书看入迷了，都没注意到顾冉发来的微信，直至语音通话的声音响起。

"方老师。"

"我在。"

"在哪里？"

"彼岸书屋。"

"我也在。"

"我在里面的休闲区。"

"好的，我来找你。"

他来了……方玲蓉有些懵，她还沉浸在东野圭吾编织的悲情故事中。

"怎么了？"顾冉敏锐察觉到她的一丝不对劲。

"哦……"玲蓉赶忙喝了一口热可可，"这个故事实在太悲催了。"

"东野圭吾又出新书了？"

"你也喜欢东野圭吾？"

"还好，他的书我都看的，我比较喜欢悬疑类的。"

"我也是，我也是。"玲蓉肉眼可观的激动，"那你最近在看啥？"

"以前大学的时候看蔡骏的书。"

"我也是，我也是。"玲蓉抢话道。

顾冉微笑地看向玲蓉，接着说："现在没有时间看小说了，会一边做事情一边看悬疑类的电视电影，最近又复习了一遍《神探夏洛克》。"

"是卷福演的吗？"

"嗯。"

"那个美剧《基本演绎法》也不错，我很喜欢刘玉玲演的华生。"

"那如果以后我剧荒了，就找你，可以吗？"

"完全 OK ！"

顾冉听了，嘴角浮起，他按了按双手，继续说："粥店就在旁边，我们现在去吧，那家生意很好，去晚了要排队。"

"好的。"玲蓉开始收拾东西，把书放进包里。

"这本书你买了？"

"嗯嗯。"

"现在很多书网上都可以在线看。"

"是呀，但我还是喜欢读纸质书。"

顾冉身子微微俯向玲蓉，轻轻咳嗽了一声。玲蓉感到有股暖流窜入脖子，痒痒的。她连忙摸摸脖子，转过头问："你感冒了？"

此时两张脸离得那么近，玲蓉羞赧地低下头。

"前几天着凉了。"顾冉不好意思地摸摸鼻子。

"有没有吃药呀？"

"还抵得住。"

"那我就不行，感冒不吃药，最后就要挂点滴。"

"你抵抗力不行呀。"

"从小体弱多病。"

"那的确需要一个医生。"

"啊？"玲蓉抬起头看顾冉，这该死的联想，她把头发拨到耳后，脑子忽然就指挥不动嘴巴了，"我爸爸身体也不太好，一直有胃病，我们家的确需要一个医生。"说完，玲蓉像机器人般目光放空，直视前方，天啊，她都在说什么。

"以后你有什么问题都可以问我。"顾冉的语气分外温柔。

玲蓉木木地点点头，又补了一句："你先把你的身体弄好。"

"遵命。"

玲蓉咧着嘴愉快地笑了，虽然和顾冉说话总会心头小鹿乱跳，但一点也不排斥呀。她喜欢和他说话，他声音悦耳，讲事情从来不咄咄逼人，也不高谈阔论，仿佛把温柔刻进了骨子里。

从学生时代到工作以后，玲蓉遇到过很多男生，要么夸夸其谈，仿佛百事通，全场他最牛；要么盛气凌人，一言堂，不允许别人反驳，这样的男孩子，玲蓉是避之不及的。玲蓉喜欢的是她爸爸那样的男子，会俯下身听她说话，给她鼓励，永远会站在她的身边。

"就是这家了。"顾冉说。

玲蓉抬头看去，很大的店，红白底色的招牌上有行楷字体的店铺名："山海情潮汕砂锅粥。"

"这里的粥味道鲜，用料足，很不错。"顾冉介绍道，找到空位，坐下，把菜单递给玲蓉，问，"你看看你吃什么口味。"

"干贝排骨粥、菌菇鲜贝粥、基围虾粥、三鲜蟹粉粥……"玲蓉看着菜单，嘴里默念。

"怎么，你不喜欢？"

"不是的，"玲蓉为难着皱皱眉，"我对海鲜过敏，这些我都不能吃。"

"这样啊，"顾冉连忙喊来服务员，"这个特色砂锅粥里有海鲜吗？"

"这里面没有，就相当于皮蛋瘦肉粥。"

"那方老师，我们点这个特色砂锅粥，怎样？"

"嗯嗯。"

"其他还要点些什么？"

"你看吧，这家我也没吃过。"

"那来个烧味双拼、土豆炖牛肉、脆皮鲜奶，饮料你要喝什么？"

"有了粥，就不要饮料了吧。"

"好的，他们这儿的大麦茶也挺好喝。"

"好的，"玲蓉喝了一口，笑着说，"我挺喜欢喝茶的。"

"奶茶？"

"什么茶都喜欢。"

"你不能吃海鲜？"

"严重过敏。"

"什么时候开始的？"

"从小就这样。"

"那你没有口福了。"顾冉打趣道。

"所以我能吃的我就要尽情享受。"

"比如说？"

"炸鸡、排骨、牛肉、酸菜鱼、剁椒鱼头等等，等等。"

"都是重口味，高热量的呀。"

"没关系，我吃不胖。民以食为天，世界万物唯美食不能辜负呀。"

"我记得，谁在微信上写的是'世界万物唯奶茶和炸鸡不可辜负'。"

"你偷看我朋友圈？"

"我是光明正大地看。"

"那我怎么没有看见你的朋友圈？"

"你搜过？"

"嗯……"玲蓉觉得自己就像一只小羊，总是落进大灰狼的圈套，正巧这时服务员上菜了，玲蓉拿起筷子，慢慢夹起一块叉烧，"就是刷朋友圈的时候没有刷到你的。"

"哦，我不常发朋友圈，"顾冉认真地看向玲蓉，剑眉下的星目炯炯有神，"不过，我以后可以常发。"

"嗯？"玲蓉不懂。

"朋友圈不是可以公开、私密、部分可见吗？"

"有这种操作？"

"你不知道。"

"我以前都不玩微信的。"

"我给你看。"顾冉拿起手机，点进微信一步一步操作。

"哎，特色砂锅粥来啦，顾客请小心，很烫哦。"服务员小哥端着一个大砂锅走来。锅上冒着热气，玲蓉不知是害怕顾冉的手被热气烫着，还是担心手机掉进汤里，赶忙伸出右手摆在手机的下方，此时顾冉已经准备撤回手机，而玲蓉也感觉到热气，手背条件反射地往后缩，就在这一来一回中，玲蓉手指划过顾冉的手背。一瞬间，两人的心跳都仿佛漏了一拍。

顾冉很少看到这样的双手，没有美甲，十分白皙、干净。他放下手机，立马关心地问："没烫到吧。"

"没……想不到微信还有这样的功能。"

"我以后发朋友圈。"

"好呀。"玲蓉的目光都被砂锅粥吸引住了，随口答道。

"然后@你可见。"

"嗯？"玲蓉抬头，透过氤氲的热气，只见顾冉疏朗的眉目充满秋日暖阳般的笑意。这次说话要谨慎点，不能再不过脑子了，玲蓉想了想，觉得以下的答案应该很完美，"如果你想给我看，我一定认真拜读。"

"我的荣幸，方老师。"

"又被他打败了，为什么顾冉说话就可以又迅速又从容。"玲蓉啃着一块叉烧，恨恨地想。

"你最近吃饭都不要用到右边，你就用左边的牙齿磨。"

"太痛苦了。"

"等牙齿治好了，我请你吃大餐。"

"那就提前感谢顾医生了。"

"不客气。你把碗给我？我帮你盛。"

"不用啦，我自己可以的。"

"你别烫着，还是我来吧。"

玲蓉觉得自己再拒绝会显得矫情，便把碗交给顾冉："谢谢。"

"你尝尝。"顾冉把粥盛到碗的三分之二处，站起来放到玲蓉的面前。那修长的身姿比美食更让人赏心悦目。

"谢谢呀。"玲蓉觉得自己都快成"谢谢"机器人了，"哇，真的很好吃。"

"真的？"顾冉也给自己盛了一碗。

"很鲜美，是我在苏州吃过最好吃的粥了。"

"道前街旁边还有十全路、书院坊、凤凰街，里面有很多好吃的，你都尝过吗？"

"不怕你笑话，虽然我在苏州上的大学，但可能因为我是宅女，这些地方我都没怎么去过。"玲蓉喝了一口粥，补充道，"观前街我去过，那里也不错。"

"观前街很多都是连锁店，这些巷子里有一些是老店，本地人开的，很多年了，地道。"

"说得像你从小吃到大似的。"

"是呀，有些就是我从小吃到大的。"

"那我要聘任你成为我的苏州美食导游了。"

"没问题。我明天休假，你明天有空吗？"

"嗯？"

"十全街有一家很好吃的米线，我想带你尝尝。"

米线可是方玲蓉的最爱之一，可是，想想手上的确也有很多事情啊，玲蓉犹豫了。

"怎么？你有事？"

"我要抄教案。"

"抄教案？"

"学校规定新老师要抄教案五年。"

"有意义吗？"

"这是规矩。"

"规矩都是人定的，不破不立。"

"抄教案对我这种新老师还是有好处的，不然我都不知道一节课应该怎么上。"

"你把教案带着吧，我们吃完可以去彼岸写，正好我想去找几本书。"

"你要买什么书？"

"和专业有关的。"

"哦哦，我最近还要上一节公开课，我们学校的导师要来听课，我要好好准备。"

"导师？"

"嗯。我们的语文导师姓肖，四十多岁，据说超级厉害，以前是校长，后来成了市区的教研员，别人都说他很严厉的，我可不想被他骂。"

"那这样，等你把课设计出来了，我当你的学生，让你试上。"

玲蓉听了，觉得很有趣，笑着说："谢谢你，顾同学。"

"乐意之至，方老师。"

　　　11 月 6 日　　20:16
　　（私密）今天，成功捕获一枚顾同学。

星期天，本来是去十全街吃米线的日子。

正当方玲蓉准备完毕，想要出门的时候，手机响了。

"喂？"

"请问是方玲蓉老师吗？"

"是的。"

"我是蒋校。"

"哦哦，蒋校好。"

"你现在方便来学校一下吗？"

"可以的。"

"好的，我在副校长室，你来了直接到办公室找我。"

"好的。"

挂断电话，玲蓉连忙慌张地发微信给顾冉。

　　方玲蓉：在吗？

　　顾冉：在。

　　方玲蓉：我今天不能和你一起去吃米线了。

　　顾冉：怎么呢？

　　方玲蓉：突然接到学校的电话，让我立刻去学校。

　　顾冉：双休也要加班。

　　方玲蓉：我也不知道什么事呀，我好害怕。

　　顾冉：你先去，到时候如果有事你及时和我说。

　　方玲蓉：没事，没事，说不定就是加班干活儿。好了，我现在出门了。

　　顾冉：路上小心，不要慌。

　　方玲蓉租的房子离学校很近，快走的话，一刻钟就到。副校长的办公室在行政楼三楼，到门口的时候，玲蓉已经气喘吁吁的了，缓了缓，玲蓉"咚咚"敲了门。

　　"请进。"嘹亮的声音。

　　玲蓉推开门，她内心一点也不想进。

　　"方老师，请坐。"蒋校很客气。

　　玲蓉乖巧地坐下，咽了咽口水，还是问出了声："蒋校，请问有什么事？"

　　"本来想周一找你的，但是我想了想，还是觉得有必要现在解决，这样对你也好。"

　　玲蓉不明所以，那颗忐忑的心越跳越快。

　　蒋校拿出一个棕皮笔记本，开始记录。

　　"方老师，你们班级收班费的事情，你清楚吗？"

　　"班费？"玲蓉一脸蒙圈，"我不知道这个情况。"

　　"是这样的，有家长投诉到学校，你们班家委会在微信群中收班费，每人 200 元，家长不是很理解，为什么要这么多钱，用在哪里？质疑是不是班主任的要求？班主任为什么不和家长沟通，而是直接让家委会收钱？"

"蒋校，这些情况，我真的不清楚。"

"这样，你现在打电话和家委会主任联系一下，问一问。"

"好的。"说罢，玲蓉起身准备去办公室外打电话。

"方老师，就在这儿打好了。"

"哦哦。"玲蓉看都不敢看蒋校，手忙脚乱地拿出手机联系姜巍妈妈。

9月份开学两周后，学校便开始着手一年级班级家委会成立事宜。首先让班主任在群内询问哪些家长有意愿加入，明确家委会成立的目的是加强家长与学校的联系，增进彼此互动，促进学生成长，一切都是为了孩子。进入家委会绝不是为了自己的私利，否则家长心理极易不平衡，一方面会觉得自己付出了许多，另一方面孩子得到的又和自己付出的不成正比——

"我的孩子难道不能坐在教室里的最佳位置吗？"

"我的孩子为什么作业不会做？是老师上课没关注吗？"

"我的孩子怎么没有参加学校这项活动，是老师不推荐吗？"

……

抱怨与日俱增，最终就会生成一个布满恶意揣测、焦躁不满的黯黑雪球。雪球越滚越大，暴走在更多家长的心头，碾压始作俑者的神经，毫不夸张地说，再添任何一片无论有多轻的雪花都能造成一场两败俱伤的雪崩。

这些是玲蓉做了多年班主任之后的心得体会，但彼时涉世未深的一年级方老师并不清楚。她把一切都想得很简单，又天真地认为世上所有人都善良美好，毫无心机。这里并不是在指责任何一方，只不过立场不同，三观不一样，每个人待人接物、处理问题的方式不同，可玲蓉总是活在自己的世界中。某些时候，方玲蓉真的像偶像剧中的"傻白甜"，加上又小心翼翼、患得患失、犹豫不决的姿态，便会不经意间让人产生"白莲花"的观感了。

庆幸的是，方玲蓉遇到了姚老师、郝晓佳、顾冉……她有一直支持她、相信她，以血液为媒介爱护她的爸爸妈妈，她的童年每次忆起都是明亮温暖的……如果有些性格缺陷是天生的，像安全感的缺失、自不如人的顾虑，那漫漫人生的际遇一定会产生些变化。很久以后，玲蓉成熟了，就是郝晓佳说的："蓉儿啊，现在不卑不亢，内心强大；心有猛虎，细嗅蔷薇。"

时间回到当下，玲蓉遇到了她工作以来的第一次重大危机——被家长投诉，在她毫无防备的情况下。

她在群里发了通知，过不了多久便有家长和她联系。她让他们填了申报表，5个人除了一人家庭主妇，一位家长是律师，其余都在各行各业工作。玲蓉想他们既然申请了，说明他们还挺积极的，便没再深思熟虑，于是乎小太阳家委会两日之内成立了。

一直以来，家委会中和玲蓉联系比较多的是姜巍妈妈，她也就默认姜妈妈是班级家委会主任了。

"哎，方老师啊，打电话有什么事呀？"

"姜妈妈，我想问下，我们班最近是不是收班费呢？"

"班费，没有呀？"

方玲蓉愣住了，她看向蒋校，一时间不知道怎么接话。蒋校盯着方玲蓉的手机，迅速在便笺纸上写下数字"200"，玲蓉心领神会，点点头。

"我听说，我们班每位家长交了200元。"

"哦，这件事呀，有的有的，所有家长都交了。"

"为什么要收200元呀？"

"不是运动会买班服吗？班服一套98，我们家委会就商量着，运动会还要买道具，圣诞节、元旦节也要买些东西布置班级啊，所以多收点，后面用钱就从里面扣。怎么了方老师？现在是出什么事了吗？"

方玲蓉一时语塞，她求助般地再次看向蒋校，蒋校推了推她的金丝眼镜，用手指指她的手机，再做了一个"关掉"的暗示。

"哦哦，姜巍妈妈，那我先挂了，有事我们再聊。"

"好的，好的。"

"现在，我们事情也清楚了，"蒋校开口，"这完全是家委会做主的，你不知情。"

"是的，"方玲蓉惊魂不定，"那蒋校，现在这件事怎么解决呢？"

"你有什么想法？"蒋校直视方玲蓉。方玲蓉不敢看她，低下头。

其实蒋校长得很好看，30多岁，鹅蛋脸，杏仁眼，鼻子和嘴都是小小的，头发又黑又长，就这样随意披着，她是苏州本地人，很有江南女子袅袅婷婷的韵味。但偏偏做事雷厉风行，细致入微，说一不二。遇到这样的领导，说实话，玲蓉有些害怕。

"想不出来？"

"嗯。"玲蓉无奈地点点头。

"那这样吧，方老师你抬起头看我，不要低着头。"蒋校特别不喜欢她和别人说话时，别人不看她。她觉得这是一种不尊重人或不重视事情的表现。都说"眼睛是心灵的窗户"，她笃信通过眼睛能看透一切。看着眼前的女孩低头不语，她在心里摇摇头，小姑娘，还需要多锻炼啊，"让家委会把钱全部退掉。"

"啊？"玲蓉情不自禁地惊呼一声，"蒋校，他们收了钱是为了买运动会用的班服。"

"班服都到了吗？"

"还不知道。"

"如果没到，就申请退款；如果到了，就退货退款。"

"好的。"

"你现在就给家委会主任打电话。"

玲蓉看着行事麻利的蒋校点点头："姜妈妈，我是方老师。"

"方老师，好。"

"我想问下买的班服都到了吗？"

"还没到，淘宝今天发货，估计明天会到。"

"哦哦，麻烦您马上和淘宝联系，把衣服都退掉。"

"怎么了方老师，您对这衣服不满意吗？"

"没有，没有，衣服很好。只是我们，不，就是收的那个200元，太多了……"

"什么意思？有家长投诉呢？"

玲蓉心里"咯噔"一声，她一边缩头一边望向蒋校。蒋校一直在观察，她伸出手，示意让玲蓉把电话给她。

"家长您好，我是蒋校。"

"您好，蒋校长。"

"家长，是这样的，首先我们学校并没有收取班费这样的做法，不过我也清楚家委会这么做是为了班级，为了孩子，现在问题是你们班有家长对一次性收200元不太理解，所以我想我们这次就先把班服退掉，再把200元退掉。等家长之间再熟络些，比如通过搞家委会活动等，相互认识认识，到时候我们家委会做事情就能得到他们支持了。您说是不是？"

"蒋校的意思我明白，那就退钱。蒋校，我想问一下，能不能透露下是谁？"

"这位家长，像这样的信息我们肯定不会透露的，就像我们今天的谈话，我也不会对其他家长说的。"

"好的，但这样买不到班服，到时候运动会，我们一（1）班学生就没有班服穿了。"

"运动会的目的又不是为了穿班服，对吧？是锻炼身体，磨炼意志。当然我还是很感谢家长对我们学校工作的重视。"

"应该的，应该的，都是为了孩子嘛。"

"那我就先挂了，你有什么事可以再和方老师联系。"

"好的。"

方玲蓉看着蒋校从容不迫地打电话，心里赞叹不已，不愧是副校长，真厉害！再比比自己，上周到底是在忙什么？为什么没有再去确认下班服的事情？其实只要多问几句——"怎么购买呀？""有没有做记录？"等，玲蓉就会从中察觉到可以改进的地方，就像选家委会的时候，假如玲蓉再多关注一些，她就会发现：李梓轩妈妈虽然是家庭主妇，但她老公特别忙，她有两个男孩，还在微信上做微商，她其实并没有玲蓉最初想的那么空闲；许晨晨爸爸是律师，听着光鲜亮丽，但根本没时间管自己的孩子，更别说帮忙处理家委会的事情了。其他两位刚开始还有些热情，但慢慢地，所有事情都心照不宣地压在姜巍妈妈身上。

姜巍是班上的数学课代表，成绩好，尊敬师长，和同学相处愉快，虽然才开学三个月，但已经得到任课老师的一致好评。姜妈妈虽然工作也比较忙，但热心负责，待人有礼，遇事不推诿。可以这么说，沟通"太阳（1）班"班级和家长的桥梁已经从家委会变成姜妈妈一个人了。

一个人既要工作，又要照顾家庭，还要处理家委会的工作，兼顾所有家长的意见，哪那么容易尽善尽美呢？

"今天的事情会打击姜妈妈的积极性吗？"方玲蓉想。

"方老师，"蒋校提醒道，"你还要和家委会沟通下，这个话怎么说，你得想一想，不能破坏了家委会和家长之间的关系。"

"那我该怎么说？"

蒋校笑笑："不懂就问是一件好事。方老师，你自己有什么想法呢？"

"嗯……"玲蓉不自觉地抿抿嘴唇，"蒋校，我想问一下是谁投诉的，我要不要和那个投诉的家长聊聊，这样会不会更有效果。"

"这个我们不会说的，"蒋校态度很坚决，"我们不会透露投诉者的任何信息，方老师，这是纪律。你刚来我们学校可能还不清楚，我们学校一些家长生活很不容易，租房子的要存钱买房，买房的要还房贷，整个街道的积分入学的学生都在我们学校。你觉得200块钱不多，但对他们来说要省吃俭用很久，所以不要责怪他们斤斤计较，要多体谅家长，这也是为什么之前让你们去家访的原因。我们面对的不仅是一个个孩子，还有他们背后的家庭，教育这件事情要考虑方方面面，方老师，你明白了吗？"

玲蓉似懂非懂地点点头，蒋校字面上的意思她明白了，但到底怎么说，她还是不会。

"这样，你看可不可以？"蒋校看了眼手机，继续说道，"还是让家委会出面，就说觉得之前收的200元太多了，现在都退给大家，以后如果实在需要收钱再和大家商量。一定要强调假如有支出必定会告知所有人，听意见，做记录，家委会是班集体的后盾，我们一切努力都是为了孩子的茁壮成长，有什么问题可以和老师及时沟通，老师会倾听每一位家长的意见。方老师，我说这些你能记住吗？"

"能……能……"

"其实你可以把一些重点记下来，好记性不如烂笔头。"

"好的，好的……"幸好方玲蓉有随身带小本子和笔的习惯，她想了想，怯怯开口，"蒋校，您能再说一遍吗？"

"唉……"

玲蓉清晰地听到蒋校的叹息声，她感觉鼻子有些酸，为什么，她就什么都做不好呢？需要别人提醒？给别人带来麻烦？她从小到大都是那种特不喜欢麻烦其他人的女孩，能做的自己做，能扛的默默扛，有些像大文豪季羡林笔下的夹竹桃，在一墙之隔的大门内，静悄悄地一声不响，但夹竹桃之所以成为季老的心头好，还在于她的韧性与妙处。

原文是这样写的："一朵花败了，又开出一朵；一嘟噜花黄了，又长出一嘟噜；在和煦的春风里，在盛夏的暴雨里，在深秋的清冷里，看不出什么特别茂盛的时候，也看不出什么特别衰败的时候，无日不迎风弄姿，从春天一直到秋天，从迎春花一直到玉簪花和菊花，无不奉陪。这一点韧性，同院子里那些花比起来，不是形成一个强烈的对照吗？

但是夹竹桃的妙处还不止于此。我特别喜欢月光下的夹竹桃。你站在它下面，花朵是一团模糊；但是香气却毫不含糊，浓浓烈烈地从花枝上袭了下来。它把影子投到墙上，叶影参差，花影迷离，可以引起我许多幻想。我幻想它是地图，它居然就是地图了。这一堆影子是亚洲，那一堆影子是非洲，中间空白的地方是大海。碰巧有几只小虫子爬过，这就是远渡重洋的海轮。我幻想它是水中的荇藻，我眼前就真的展现出一个小池塘。夜蛾飞过映在墙上的影子就是游鱼。我幻想它是一幅墨竹，我就真看到一幅画。微风乍起，叶影吹动，这一幅画竟变成活画了。有这样的韧性，能这样引起我的幻想，我爱上了夹竹桃。"

夹竹桃的"独美"不是固执，反而是一种无所畏惧的洒脱，她既可以耐得住寂寞，又会大大方方地展示自己，让有心人看到其与众不同的自信与风采。

"方老师，"蒋校察觉到玲蓉的垂头丧气便安慰道，"不论谁遇到这种事都会不好受的，但我们做老师的，经常和人打交道，遇到这样的事，在所难免。"蒋校继续放缓语气，温和地说："你还年轻，有这样的经历也不是坏事，多锻炼锻炼，多动动脑筋，多去问问别人，多总结多反思，以后就能独当一面了。"

最后，蒋校微笑着说："加油呀，方老师。"

走出学校，外面太阳大大的，但玲蓉却觉得冷冷的，11月了呀，"人烟寒橘柚，秋色老梧桐"。

微信里有顾冉半个小时前发来的消息——

顾冉：方老师，学校的事情处理完了吗？

玲蓉动动手指——

方玲蓉：出了点事情，我现在要去解决，空了再联系吧。

手机那头的顾冉看着玲蓉发来的消息，一瞬间想立刻打电话过去，可望着屏幕，顿了一会儿，只打下一行字——

顾冉：好的，我们有空聊。方老师，你有什么问题都可以找我的。

虽然平时两人工作都很忙，接触不多，但顾冉心中有玲蓉的样子，一个秀气的女孩，一个单纯的姑娘，和他一样喜欢文学、艺术，真实又真诚，有时候爽朗又明媚，有时候却多愁且善感，就像白露下娇嫩的花儿，不自觉地他想呵护她。

不过现在沉默或许才是对她最好的安慰吧，毕竟只是朋友，关心则乱。过几天，顾冉想再约玲蓉出来吃饭，他还记得她之前大快朵颐的样子，一双眼睛眨呀眨，一张小嘴"吧唧吧唧"，太可爱了。她说什么来着，"民以食为天，唯美食不能辜负"。是啊，顾冉也觉得，人间烟火气，最抚凡人心，就让米线、炸鸡腿、海棠糕等成为一剂"解忧方老师"的良方吧。

已经到了中午，玲蓉却什么也吃不下，心里犹如压着千斤重的石头，路过街口的小摊，闻到平日觉得美滋滋的炸串的油味，她此时却一阵恶心，连忙扶住墙壁，俯下身干呕起来。

刚刚和姜妈妈打电话联系了，按照蒋校教的，玲蓉对着便签本磕磕绊绊地讲着。好在姜妈妈通情达理，没有半点不满的意思，反而安慰起玲蓉来。刚大学毕业的玲蓉才23岁，姜妈妈比玲蓉整整大 10 岁，又是在公司做人力主管，为人大气成熟。

玲蓉有时候想："如果每个家长都是姜妈妈这样就好了。"

微信里有顾冉发来的微信，玲蓉看着，许久，嘴角微微扬起。如果顾冉这个时候一直给她打电话，她肯定不会接的，不知道怎么回答吧，她不愿意让人看到她现在的囧样。

"嗡嗡嗡——"手机突然响起。玲蓉突然一惊，是郝晓佳的电话。

"玲蓉，玲蓉。"

"怎么呢？"

"你知道我们俩的导师课提前了吗？"

"啥？"

"导师课提前了，下周五就要上。"

"天啊！"

"你准备了吗？"

"我还没。那你呢？"

"我教案和 PPT 已经搞好了，准备下周一试上。"

"那我怎么办？我上周都在忙什么？"

"上周事情太多了，又是统计校服，又是运动会彩排，哎呀，没关系的，蓉，你今天下午准备来得及的。"

"好的，好的，谢谢你啊。"

"拜拜。"

"嗯嗯，拜拜。"

这个电话刚挂掉，又有一个电话打进来。

"喂，是方老师吗？"

"是我，请问您是？"

"我是徐老师。"

"哦哦，徐老师，中午好。"

徐强老师是教导处副主任，专管语文学科，他40多岁，眉眼温和，满腹经纶，给人如沐春风之感。他本在扬州工作，通过人才招聘举家来到苏州。

"方老师，有件事情要和你说一下，我们本来不是下下周上导师课的吗？但我刚得到肖导师发来的消息，他下下周要出差，所以课就临时改到下周了。"

"哦哦，我知道了。"

"方老师，这是你在肖导师面前的第一次亮相，很重要啊！"

"嗯嗯。"

"课准备好了吗？"

"课……"方玲蓉犹豫了一会儿，最终老实交代，"还没有……"

"一点都没准备？"

"我以为……"玲蓉想解释，她以为下下周才要上课，她这周太忙了，可，每个老师不都忙吗？像郝晓佳，为什么她的课就准备好了，为什么她做事就比较游刃有余，明明都是一年级的新老师啊。

"课选好了吗？"徐老师还是和蔼可亲地问。

"准备上《雪地里的小画家》。"

"这一篇啊，挺有趣的。第几课时？"

"第一课时。"

"好的，第一课时不难。"

"你今天下午看看能不能把教案和PPT弄出来，明天试上下，我来听。"

玲蓉忽然感到了压力，没有立刻回答。

"方老师，可以吗？"

"好的，好的。"玲蓉连忙点头。

"那就这样，双休日辛苦了。"

"没事没事，谢谢徐老师。"

"嘟——嘟——"通话结束，只有手机的忙音还在玲蓉的耳边回响，玲蓉打了个哆嗦，真冷啊！仿佛头顶上乌云渐渐堆积在一起，紧接着电闪雷鸣，暴风雨就要来了。

11 月 7 日　　12:15

（私密）让暴风雨来得更猛烈些吧！

第十章　新旧之争

11 月 8 日　11:44

（私密）加油加油，我可以的！

今天的中自习不是语文，方玲蓉坐在电脑前，看着屏幕上的教案，思索着上午试上完徐老师的话。

"方老师，昨天弄教案弄到很晚吧。"

"嗯嗯。"

"精神不太好。"

是的，教案和 PPT 搞到了凌晨两点，晚饭就吃了碗泡面，早上第一节课是自己班的，总不能不上课吧，第三节在郝晓佳的班上试上。这么短的时间，教案没有记熟导致上课磕磕绊绊，会突然忘记下面要说什么，是什么环节。整节课，怎么说呢？支离破碎，乱七八糟，应该很糟糕吧。

"上课的时候都忘记下面要说什么了。"玲蓉惭愧地低下头。

"没事没事，"看来"没事没事"是徐老师的口头禅，"这不是最重要的问题，你们年轻人记性好，只要教案弄好了，背起来很快的。现在的主要问题是，方老师，你明白第一课时到底要讲什么吗？"

"嗯……"

"没事，你大胆说，想到什么就说什么。"

"第一课时要会流利、通顺地读课文，理解课文大意，写部

127

分生字。"

"很好，看来，你对第一课时的把握还是比较清楚的，但怎么把这些融入课堂呢？"

"什么？"玲蓉并没明白徐老师的意思。

"你看，第一个环节，你出示生字，就是把后面的一类生字和二类生字全部罗列到PPT上，读一读，那学生真的认识这些字了吗？把这些字单独拎出来，他们能准确读出来吗？每个字要讲的点是什么，你清楚吗？"

一连串的问题问蒙了方玲蓉："那，我该怎么办？"

"我说说我的一些想法啊，"徐老师态度一直这么温和，"字不离词，词不离句，对不对？"

"是的。"

"所以你可以出示同类的字词，比如：先出示'鸡、狗、鸭、马'，然后用字源识字法把'马'讲掉，再在'鸡、狗、鸭、马'前面加上'小'，变成'小鸡、小狗、小鸭、小马'，让孩子读，体会小动物的可爱。"

"这样上真的很好。"

"上课不是简单粗暴的，它也有方法。"

"嗯嗯。"玲蓉连连点头。

"这是第一行出示的词语，对不对，下面可以出示什么呢？"

玲蓉集中注意力，仔细看书本，试探着说："竹叶、梅花、枫叶、月牙。"

"很好，很不错。那这一行有什么需要重点讲的呢？"

"竹、牙。"

"讲什么？"

"字形？"

"字音、字形、词语的意思都可以。你说'竹叶、梅花、枫叶、月牙'，孩子们都认识吗？"

"嗯……应该见过吧。"

"我看未必,"徐老师清了清嗓子继续说道,"比如'竹叶',我想部分学生就不清楚吧。方老师,我们教的是一年级的小朋友,不能用我们的理解代替学生。你说一年级的这些课文对我们老师来说,难吗?肯定非常简单,但对学生来说呢?我们要让他们从这些浅显而有趣的课文中学到什么呢?怎么去学呢?设计一节课的时候要多考虑考虑学生,以学生为中心。教生字词的时候,小孩子喜欢什么呢?直观的生动的,图片呀,做做动作呀,你说是不是?"

"对对。"玲蓉打心眼儿里佩服徐老师。

"方老师,你才第一年来,有些不懂,正常的,其实现在网上也有很多资料、视频,多学学,多看看,集思广益呀。"

"好的,好的。"

"方老师,你看周三我们能再试上一次吗?"

"可以的。"

"时间紧啊,方老师,加油!"

玲蓉听了,真诚地说:"谢谢徐老师!"

网上资料是很多,看得玲蓉眼花缭乱,她想了想,输入关键词:"优质课 一等奖",这样搜出来的课堂少而精。

"瞧瞧我聪明的脑袋瓜。"玲蓉开心地喝了口水,她像忽然想到了什么,又拨通了电话。

"喂,是姚老师吗?我,方玲蓉。"

"玲蓉啊。"

"现在说话方便吗?"

"可以的。"

"我周三准备试上一下,用姚老师你的班可以吗?"

"当然可以。今天试上呢?"

"嗯。"

"怎么样？"

"问题一大堆。"

"有没有人来听课？"

"徐老师来了。"

"他和你讲课了吗？"

"讲了，讲了，讲得特别好特别细。"

"嗯，你就按他讲的去改。"

"我会的。"

"唉，我这几天在南京出差，不能在你身边。"

"没事，徐老师让我在网上多找找资料，看看视频，学习学习。"

"这是个好办法。玲蓉，备课的时候有什么疑惑都可以发消息给我。"

"嗯嗯，谢谢姚老师。"

"谢啥。玲蓉，加油！"

"姚老师，我不打扰你啦，挂啦。"

"好的，再见！"

"拜拜！"

有了徐老师的悉心教导和姚老师的亲切鼓励，方玲蓉觉得全身都充满了力量，她给自己鼓气："加油，加油，方玲蓉，你能行！"

全神贯注地修改教案，玲蓉都没注意到火急火燎跑进来的郝晓佳。

"玲蓉，不好啦，不好啦！"

被晓佳吓了一跳，玲蓉抬起头问："怎么啦？"

"明天要词语测试，你知道吗？"

"词语测试，这是什么？"

"就是生字词，要考试。"

"啊？"

"明天中自习，一二年级词语，三四年级阅读理解，五六年级作文。"

"我今天下午没课，只有一节课后服务，人也不全，怎么复习？"

"你平时生字词都默写吗？"

"默写的。"

"那就没事。"

"可是……"方玲蓉担心地说，"也不是天天默写，我一般两三天默一次。"

"默过总有印象的吧。"

"你不知道，他们平时默写错误可多了。"

"都一样，都一样。"

"那今天让他们回去抄抄词语吧。"

"嗯，"郝晓佳点点头，"你有整理这册书的词语吗？"

"没有。"玲蓉看着电脑屏幕上的教案，叹了口气，"我今天也来不及整理呀，还要搞教案。"

"徐老师给你提意见了。"

"嗯嗯，徐老师超厉害的。对了，你不是说今天试上的吗？"

"我再改改，我准备明天试上，到时候又要麻烦徐老师了。"

"加油呀。"

"哈哈，我加油，"晓佳笑着说，"那词语我下午来整理吧，然后发一份给你？"

"太感谢了，我的好姐妹。"

"我跟你说，明天周二中午词语测试，下午运动会开幕式彩排，周三正式运动会，周五上导师课。蓉，我们这一周真是疯了，疯了！疯了！"

提到运动会，玲蓉就想到家长投诉的事情，脸色暗了下去。

"蓉，你怎么呢？"

"没什么。"

"你不知道吗？你板起脸来挺吓人的。"

"很严肃？"

"有个词——'冷若冰霜'。"说完晓佳用手指捏捏脸颊，"当然，你笑起来，可好看了，你笑笑嘛！"

"扑哧——"玲蓉被她逗笑了，"我就是觉得事情太多了，你看我教案还没搞定。"

"嗯——"晓佳摆出一副大义凛然的样子，"让我们熬过这一周吧。"

"熬完这一周，还有下一周。"张玥的声音传来。

"熬完下一周，还有下一周，"晓佳重复道，紧接着语气立马欢快起来，"再熬几周，就放寒假过大年啦。"

是呀，冬天来了，春天还会远吗？玲蓉看着眉飞色舞的晓佳，也慢慢绽开笑颜。生活就像奥特曼打小怪兽，来一个打一个，打完一个再一个。这样想着，玲蓉纤细的手指犹如蝴蝶在键盘上翩翩起舞来。

11 月 10 日　12:46

运动的小朋友最好看！

"方老师，方老师，姜巍跳远第一名！"

"哇，真棒！"

看着一群飞奔过来的小同学，玲蓉开心地夸奖道。

"我们班到现在几枚奖牌啦？"那个一开学总是在门口闹着不肯上学的沈彤彤，虽然现在依然要玲蓉催着才能交作业，上课时不时就分神，但今天却格外热心，手里拿着"太阳（1）班必胜"的加油板，兴冲冲地问。

胖乎乎的许晨晨听了，立马如数家珍："李梓轩男子50米第二名，王婷女子50米第一名。"

"王婷跳远也是第一名。"有人尖叫道。

"班长太厉害了。"沈彤彤开心地直拍手。

"你们也很棒！"被孩子们包围着的玲蓉笑着说，"你们做了加油标语，一直为他们加油，是不是？"

"嗯嗯。"许晨晨使劲点点头，又指指喉咙，对玲蓉说，"方老师，我嗓子都喊哑了。"

"哈哈哈——"小朋友看他憨憨的模样，不约而同地笑出声。

"方老师，你在干什么呀？"黄景愈细细的声音传来。

"看你们呀，做什么事情都要讲纪律，万一你们跑来跑去，追逐打闹，运动会不就乱套了吗？"

"不会的，不会的，"许晨晨连忙摇头，然后迅速补上一句，"我现在都不和李梓轩打架了。"

"谁说的？我那天还看你和李梓轩在厕所里……"接话的李航双手随即做出"攻击""防御"的动作。

"是这样吗？"玲蓉问。

"不是啦，"许晨晨低下头，"我们就是随便玩玩，我们没有打架。"

"同学们，你们说，我有没有说过，不管什么时候一定不能动手？"

"说过！"

"说过！"

"老师经常说。"

…………

大家纷纷附和道。

"你以为随便碰碰，万一碰到眼睛呢？万一摔倒呢？头破了，手脚断了，怎么办？"许是因为操场上在比赛中，加油声、口令声此起彼伏，玲蓉不得不提高音量，也就越来越激动，"用你的来赔他，还是用他的赔你，你怎么就这么不懂事呢？一定要摔个跟头才明白老师的良苦用心吗？"

"方老师，对不起。"许晨晨的声音里隐约带着哭腔。

"不是'对不起老师'，是要'对得起自己'，老师是为了你们好。孩子们明白了吗？"

"嗯……"那些个小同学一个个盯着方玲蓉，纷纷点点头。

玲蓉看着他们清澈的目光，心上也仿佛挂上一轮暖阳，虽然周二的词语检测 1 班考得并不好，虽然今天开幕式只有他们班没有统一的班服，但孩子们是向着她的，心里是有她的，只要这一份牵绊在，她就觉得一切都值得，所有的都会慢慢好起来，一定会越来越好的。

"下面要比什么呢？"玲蓉问，虽然她知道答案，但总要有问题打破僵局。

"是接力赛吗？"有人说。

"接力赛——接力赛——"小孩子就是这样，前一刻还在那儿争论不休，剑拔弩张或者鼓着嘴巴、噙着眼泪，下一秒转头就忘，郁闷啊不快啊烟消云散，从小就听老人说："孩子呀，是最不记仇的。"

"我们要去加油！"许晨晨喊道。

"加油——加油——"一人起头，迅速地全员跟从。模仿是孩子的天性，多年后，方玲蓉再面对这样的画面，淡定许多，不会像最初的自己那般欢天喜地，也不会冷眼旁观，她看过一本书叫作《乌合之众》，明白群体效应的力量，所以她特别注重班风，相信一个积极向上、阳光健康的集体能浸润幼小的心灵。同样的，如果不辨别是非，盲目跟从，藏污纳垢的环境，不管是大的还是小的也有驱使人走上歪路的魔力。伙伴很重要，身边的人也非常重要。

玲蓉是老师，一直以来，教师都有"领路人"的别称，玲蓉也把这当作自己的使命，所以一旦班上有不好的苗头，她都会敏锐地察觉到，继而细致入微地调查，循循善诱地开导，"太阳（1）班"愈来愈团结、祥和、温暖。

当然这些见解和成长都不是一蹴而就的，是玲蓉摔了一个又一个跟头，吃一堑，长一智换来的。你看，下面玲蓉就要受挫了，她将像大海上的一只小船遇到一浪接一浪的波涛，乌云密布，狂风不止，湍流不息，前方还有深不见底的漩涡，她该怎么办呢？

周四，运动会结束的第二天，导师课开始的前一天。

吃完中饭，办公室里陆陆续续走进来几位老师。

"玲蓉，恭喜呀！接力赛第一名！"郝晓佳刚踏入门便嚷嚷道。

"呦，1班不错的，方老师，开心吧，"老教师陈老师接话道，"当时比接力赛的时候，我看到方老师在那里喊加油，可卖力了，身子都跳起来了。"

"是小孩子给力。"方玲蓉被陈老师夸得不好意思了。

"1班这次运动会得了很多奖牌吧。"英语老师吴静说。

"看来，你们班肯定团体第一咯。"郝晓佳拍了一下玲蓉的肩，整个人一如既往的神采飞扬。

"成绩好像没出来呢，谁知道呢？"玲蓉其实很开心，她继续说，"他们这次表现得挺好的，不管第几名，我都要去奖励奖励。"

"奖励啥？"

"我买了很多东西，"玲蓉像晒宝贝似的，从柜子里掏出一个大的箱子，"这是笑脸橡皮、恐龙直尺、小本子、削笔刀、糖果……"

"哇，你买了这么多。"晓佳惊讶地捂住嘴。

"他们表现好的时候，我就奖励给他们，这样才有积极性呀。"

"要花很多钱吧？"

"淘宝上买的，还好。"

"那也是花的自己的钱呀，"晓佳一边摆弄着玲蓉的奖品，一边说，"你看我们一个月就那么点工资，还要交房租、话费、水费、电费、上网费，早饭晚饭，天冷天热要买衣服买鞋吧，女孩子还要买买化妆品吧，哦，对了，我还要和于楠一起出去，总不能每次都是他付钱吧。"

"等等……"玲蓉望向晓佳，"和于楠一起出去，你们俩好啦？"

"嗯……"晓佳脸一红，抿抿嘴唇，点点头。

"什么时候的事？你都不告诉我？"

"就这几天。"

"见色忘友！"

"我哪有？"晓佳羞涩地挥挥她的小拳头，"对啦，你今天上午试上了吗？"

"嗯，本来准备昨天试上的，正好碰到运动会，就今天试上了。"

"怎么样？"

"按照徐老师思路改的，挺顺的。"

"徐老师怎么说？"

"徐老师说可以，让我明天不要紧张，就这样上。"

"那不错。"

"你试上怎样？"

"徐老师说可以，也让我不要紧张。你现在紧张吗？"

"我怕我明天会忘词。"

"我也怕。"

方玲蓉和郝晓佳视线碰到一起，又不约而同地笑起来。

"我跟你说，"玲蓉的话匣子打开了，"我在姚老师班试上的，他们班纪律超好，而且那些学生回答问题也很厉害，都不要引导，他就能把你想要的答案说出来，太棒了。"

"是你教学环节设计得好。"

"拜托，我们不要互吹了，好吗？"玲蓉哭笑不得，"真的是他们班学生好。"

"姚老师的班啊，怎么可能不好？"陈老师说，"姚老师抓得多严，教得多好。"

"姚老师班上的娃，"吴静也来评价，"聪明！"

姚老师班是4班，吴老师教1班、2班、4班的英语，她很有发言权："比1班聪明。"

"1班呀，是四肢发达，头脑简单。"张玥补充道，她举起手上的计算题测试卷说，"你看看，这么简单的计算，全对只有3个人。"

玲蓉有些尴尬："他们这次语文词语检测也不行。"

"你不是平时都默写的吗？"郝晓佳问。

"对啊，都默写的，那些强调过的还错！"玲蓉苦恼地说，"那个'我'，左上边的点一堆人漏了，'刀'一不小心就写成了'力'，'自己'的'己'，天啊，好多人都写成了'已'。"

"'己'，我们班错的也很多。"晓佳说，"这次批改是二年级老师批的，超严，一点不规范都扣分了。"

"是的。"

"比如'好'这个字吧，女字旁提不出头，但撇要出头，有些学生写的时候就是把'女'写窄了，没注意，结果全错。"

"女字旁和'女'不一样的哇。"上完课走进来的老教师杨老师听到了两个小年轻的对话，也兴致勃勃地加入进来，"上课的时候就要指出来，你让学生去发现，他们发现不了的。"

"但是我们在生字教学的时候，不都是先让学生去发现，仔细观察字形吗？"晓佳疑惑地问。

杨老师喝了口水说："观察字形的什么？"

"结构……"

"还有呢？"

"有些容易写错的笔画，"杨老师耐心地说，"笔画的易错点，在田字格中的位置，大小、长短、穿插。当然这些我们会让学生先去观察，但观察之前老师要做到心中有数，学生没有提到，老师要补充；学生提到了，老师要强调。不要等学生错了再去强调，而是要在第一遍讲的时候讲透彻，加深学生对正确字形的认识。"

"对对，杨老师说得好。"郝晓佳由衷地称赞道。

"方老师，你说你平时都有默写，但这次检测效果还是不太好，对不对？"杨老师继续指导。

"嗯。"玲蓉点点头。

"那平时默写，他们有错的，你是怎么做的呢？"

"让他们订正。"

"订正一两遍。"

"有点少呢？"

"十遍？"晓佳问。

"那家长要来找你的。"杨老师打趣道，"练习是必须的，好记性不如烂笔头嘛，至于多少遍你要结合你们班的具体情况，我一般是四遍，如果再错，就再多写几遍，如果默写一直是对的，那就减少抄写次数，用这样的方法激励他们。"

"哎，我也觉得这样的奖励方法比糖果啊小橡皮啊要好，"陈老师也说出自己的见解，"现在的孩子和我们那个时候不同，生活水平高，你的这些东西他们看不上的，而且为了吃的用的去学习，这种学习动力不太好吧。"

"一开始可能会感兴趣，后来也就无所谓了，"已有几年教学经验的吴静补充道，"甚至还会觉得你老师买东西奖励他们是理所应当的。"

"学习动力这个我们上大学的时候，老师讲过。对不对，玲蓉？"晓佳碰碰方玲蓉的肩。

"嗯嗯。"

"那小朋友现在是为什么而学呢？他们懂这些吗？好深奥！"晓佳摇摇头。

"你们去研究吧，"陈老师笑着说，"你们年轻老师，多研究研究，成长快的。"

晓佳不好意思地挠挠头："呐，杨老师，默写错了除了罚他们抄写，还有什么办法？"

"注意用词，不是'罚'！"杨老师敏锐地指出，"我们是在帮助小朋友，不是在惩罚他们。"

"对对对，不是'罚'！"晓佳不好意思地吐吐舌头。

"低年级教什么，就是教写字读书，养成习惯。"杨老师语重心长地说，"生字教学是低年级的重中之重，字是基础。我们老师教字，不仅要讲清楚这个字怎么写对，还要教如何记住这个字，字的意思，注意间架结构，写字姿势。怎样写才能把字写规范、端正、整洁，初步感受汉字的形体美，最重要的要让孩子们喜欢学习汉字，有主动识字、写字的愿望。"

"这不就是课标里的要求吗？"晓佳立马反应过来。

"课标很重要，"杨老师喝了口茶，"课标是我们教学的指挥棒。你们年轻老师多去读读课标，研究研究课标，落实课标要求，你们的课堂就更有语文的味道了。"

"课标很重要，多读多研究。"方玲蓉在心里默念，她记下来了。

"我们班默写错了都是一个个过关，错误率高的字我会集中起来再讲。一年级写字一定要严格要求，写得不好重写，让他们认识到马马虎虎写字在你这里是过不了关的。久而久之，他们就不会糊弄了。我听二年级老师说，这次批我们一年级的词语测试卷，发现有些学生的字，太潦草了，一言难尽。"

"一个个过关，哪有时间呀？"晓佳说。

"你没看到，杨老师下课都看不到人的吗？"陈老师笑着说，"早就去教室里盯了。"

"别说我，你也是。"杨老师对着陈老师揶揄道。

"杨老师，谢谢你教我们这么多。"郝晓佳像个孩子般抱住杨老师，头靠在她的肩上，"你对我们真好！"

"哎哟，哎哟！"杨老师开怀大笑，"郝老师啊，你太可爱了。"

哈哈——哈哈——

众人看了也跟着眉开眼笑，办公室里一派和谐、热闹的氛围。

这时，玲蓉发现她电脑上的微信在闪烁，便打开界面。

张玥：方，方。

玲蓉：我在。

张玥：我要告诉你一件事，但你不要不开心。

玲蓉：怎么呢？

张玥：微信群里在讨论你。

玲蓉：讨论我什么？

张玥：他们的态度不是很好。

玲蓉：？

张玥：我觉得你是班主任，这件事情还是应该知道的。

玲蓉：嗯嗯，谢谢你，张老师。

张玥：方，你等一下，我把截图发给你。

玲蓉：好的。

玲蓉不知所措地咬咬手指，等待是最让人煎熬的。一会儿图片便陆陆续续发过来，人名、头像都被打了马赛克，只有他们的对话内容。玲蓉仔细地往下翻，脸色越发阴沉，心也一点一点陷落下去。

起因还是因为运动会。运动会开幕式当天就在公众号上发了推文，每个班的照片都有。正如之前说的，所有班都穿了班服，除了太阳（1）班。于是有家长就在群里质疑了。

为什么1班孩子没有班服？其实1班也是统一了服装的，上身白色毛衣，下身深色裤子，但除非统一购买，否则"白"也有各式各样的"白"。深色裤子就更别提了，黑色、灰色、棕色，牛仔裤、运动裤，什么都有，所以看上去就没那么整齐划一，在一堆光鲜亮丽照片便显得"独特"了。

"所有班级都穿班服，我们班孩子看了会有什么感觉？会不会自卑？我们不配吗？"

玲蓉望着这条消息不禁扶额，"小太阳"会自卑？虽然衣服不统一，但家长们没看到他们走方阵时是那么精神抖擞，喊出的口号声是那么整齐响亮——

"1班1班，勇夺桂冠；心如花木，向阳而生。"

再说，穿不了班服怪她吗？

哎，还真怪到她了。

"我家孩子回家说羡慕别班的班服。"

"我们班之前不是也买了班服的吗？怎么又退呢？"

"有人不同意呗。"

"谁不同意啊？"

"如果知道是全校统一，我们肯定都会同意的啊。"

"老师没说清楚！"

"班主任这件事都没在群里说。"

"让我们穿什么毛衣，这么冷的天，想得出来的。"

"是呀。"

"我孩子都感冒了。"

"不是我说，我们这个班主任还是太嫩了。"

"上次在群里把'李梓轩'的名字写成'李梓萱'，我就很生气。"

"我听说，这次语文词语检测，我们班成绩也不好。"

"有词语检测吗？我都不知道。"

"有，全年级的，其他班试卷都发下来了。"

"那我们班怎么没说这件事？"

"谁知道呢？"

"考得太差不敢说？"

"学校里什么事都不说，让我们怎么了解孩子的情况呢？"

"年轻老师不行的。"

"到了二年级会换班主任吗？我还是希望一个老教师来带我们班的。"

"一年级好几个班都是有经验的老师在带，为什么偏偏1班是新老师呢？"

"自认倒霉吧。"

…………

此时目不转睛盯着屏幕的方玲蓉不知道自己的脸色有多深沉，连呼吸声都是那么急促而滞重。她打字问张玥——

方玲蓉：张老师，我想问下这些都是谁说的啊？

142

张玥：我也不知道。昨天不是计算测试吗？刚刚我正好在联系家长，有家长说到这件事，我就让他们截图给我看看。人家打了马赛克，我也不好意思问他们要原图了。

方玲蓉：哦哦。

方玲蓉控制不住自己的手，她又点开图片，从头刷到尾，心跳加速，胃翻江倒海般的难受，她使劲抿嘴唇，害怕有泪水不争气地夺眶而出。

方玲蓉：张，为什么他们这么说我？我就这么不合格吗？

张玥：方，抱抱。

张玥：方，你做得很好了，我们班运动会表现那么好，他们不知道。

张玥：方，是他们自己投诉不肯买班服，现在倒怪起你了，我也是不能理解。

方玲蓉：我好崩溃！

是的，玲蓉崩溃了，她想哭，但又不想让办公室老师知道这些事，看到她的糗样。她低着头，拿起手机快步走出办公室。

"哎，玲蓉，你去哪里？"郝晓佳在她身后问。

"哦，我去厕所。"玲蓉头也没回，努力让语气平稳。

玲蓉冲进厕所，捧起水把脸打湿，仿佛要让自己清醒过来，但一点效果都没有。反而泪水犹如决了堤的洪水从眼窝里倾泻出来。她不停地用手去擦拭脸颊，可又有什么用呢？她停止不了哭泣，或许沾了水的双手更像在掩饰她的软弱和颓败。

马上就要下课了，会有一堆人涌进卫生间，不行，不能让他们看到，她要逃。

去哪里呢？

举目四望，教室、操场、厕所、食堂、办公室……偌大的校园竟然没有她可以躲藏的空间。

"丁零零——"下课铃响了，玲蓉闭上眼，再用手按压脸颊、眼眶。睁眼，对着镜子，打湿双手后又拍拍脸庞，深呼吸，走出卫生间的刹那，正好遇见唐静——她的学生。

"方老师，好！"唐静看到玲蓉，甜甜地打招呼。

"嗯。"玲蓉面无表情地点了一下头。

她现在看到他们就会想到那些聊天记录，他们背后的父母一个劲儿地炮轰她、责怪她，她无法接受，自然也不能对他们和蔼可亲，面带笑容了。

从小到大，她都不太会掩饰自己的情绪，虚与委蛇、八面玲珑更是与她无缘。

唐静看见方玲蓉黑着脸，心里也不是个滋味，她想："方老师怎么了呢？她一直很温柔，对我们都是笑嘻嘻的，她遇到了什么不好的事吗？"她小小的脑袋瓜儿想不通，更不会知道昨天她和妈妈无意间的对话掀起了多大的风波。

"囡囡，今天运动会开心吗？"

"开心，妈妈，你知道吗？我们班得了很多奖牌。"

"哦，囡囡怎么没有奖牌呀？"

"老师没选我。我觉得我跑步也很快的。"

"那下次运动会，你和你们班主任说，让她选你。"

"嗯嗯。"

"我看你们学校公众号发的，其他班级都穿了班服。"

"有吗？我看看。"

"手机在桌上，自己拿。"

"妈妈，你看，这是我们'太阳（1）班'。"

"你看其他班穿的班服，好不好看？"

"是很好看啊，我好羡慕啊，妈妈，什么时候我们'太阳（1）班'也有班服啊？"

"你去问你们班主任呗。"

"去问方老师？"唐静边刷手机边想，"还是不要了吧，方老师很忙的，为了运动会开幕式，她一直带着我们走方阵，喊口号，周五还要带我们上公开课。哪一天方老师觉得要买班服了，自然会说的。听方老师的就是。"

唐静心里默默想着，并没有告诉妈妈，或许她和妈妈说了，妈妈的想法就会改变了，也或许即便说了，妈妈还是觉得孩子受了委屈，整个学校就他们班没有班服很不合适。因为大人总有大人的思维方式，他们又不愿意变成小孩子，更纯粹地看看这个世界。

"玲蓉，你回来了？"郝晓佳看见方玲蓉走进办公室，立马上前关心。

"方老师，你别想太多。"陈老师看着玲蓉，一副义愤填膺的模样，"他们家长就是不理解老师，说话不打草稿，胡说八道。"

"什么？"玲蓉有点懵，再听到办公室里你一言我一语，她就明白了，前几天的投诉加今天的事情，老师们都知道了。这世上没有不透风的墙，话传起来，风驰电掣般，止不住，停不了。

"他们对我们这些新老师就是有偏见，你不要放在心上。"晓佳安慰道。

玲蓉听了，不说话，只是苦笑。

"新老师有什么不好的？"陈老师说，"新老师年轻有活力，好学，爱思考，我就不明白了，每个老教师不都是从新老师过来的吗？"

"陈老师，这句话给你点赞！"郝晓佳竖起大拇指，"玲蓉，今天晚上我们一起吃门口的有家酸菜鱼吧。"

"我不想吃。"

"你总要吃晚饭的呀。我们把不开心溺死在酸菜鱼里。"

"我吃碗泡面就行了，明天就要上公开课，我回家再看看教案。"

"试上不是试上过了吗？再说吃饭的时间都没有吗？越是这个时候越不能紧张，吃顿好的，放松放松，我们吃快点，不拖时间。"

"好吧。"

5:45，放完学，下班。

"你现在心情怎样？"郝晓佳轻轻地问。

"还好，"玲蓉没什么表情，淡淡地说，"我们走吧。"

"等等。"

"怎么呢？"

"还有人？"

"谁？"

"于楠。"

"你约了于楠？"

"本来我们今天就约好的。"

"那你们去吧，我不去了。"

"哎，别呀，我都跟他说了。"

"我去干吗？做电灯泡吗？"玲蓉心里有些不舒服，说罢径直就要走回家，这时一辆黑色轿车停到他们面前，车窗摇下，是于楠和顾冉。

"玲蓉，车来了。"

玲蓉看到车里顾冉正向她微笑，她犹疑了一下，还是摇摇头，对晓佳说："你们去吧。"

晓佳皱皱眉头，她求助地看向车窗内。这时，顾冉下车了，他走到玲蓉面前，雾月清风般立在那儿，嘴角有浅浅的笑意："走吧，郝晓佳说你喜欢吃有家酸菜鱼，带我去尝尝。"

"你没吃过？"

"嗯，"顾冉又补了一句，"没和你一起吃过。"

6点左右，霞光已然消失殆尽。找了一个靠窗的四人桌，郝晓佳、方玲蓉坐在一边，于楠、顾冉坐在对面。

"我和于楠去点鱼。"

"麻辣？微辣？"晓佳看向所有人。

"嗯。"玲蓉点点头，她低头喝着大麦茶，一副无精打采的样子。

服务员走过来，送上小吃和一个蓝色的沙漏，笑着说："我们有家酸菜鱼的酸菜鱼都是活鱼现杀，如果这个沙漏漏完了，鱼还没上桌，免单。桌上有二维码，扫一扫可以点单。"

"好的，谢谢，"顾冉用手机扫出菜单问玲蓉，"你还想吃什么？"

"随便，都可以。"玲蓉有气无力地答道。

于楠和晓佳点鱼回来了。

晓佳指指桌上的二维码，说："扫一扫，可以点单。"

"我已经扫了，你们还想吃什么？"顾冉问。

"我来看看，"于楠一把拿过顾冉的手机，"虾滑、蛋饺，你们都吃吧。"

"点吧点吧，点上来我们都吃的。"晓佳笑嘻嘻道，"对了，点个红糖糍粑，玲蓉喜欢吃。"

"OK！"于楠爽快地比了个手势。

不一会儿一锅香喷喷的麻辣酸菜鱼和一盘盘配菜便摆满了桌子。

"我们开动吧。"聚会真的不能少了"氛围姐"郝晓佳。

"开动！"于楠是名副其实的捧场王。

方玲蓉拿着筷子，呆呆地摆弄着，双眼无神，也不知道在想什么，一点也没有动嘴吃的意思。她的脸白得像一张纸，连嘴唇都没啥血色，顾冉看了，既心疼又担忧，他和玲蓉正好是面对面，便夹了一块糍粑，蘸了蘸红糖，放到她的碗里。

"方老师，吃呀。"

"对啊，把不开心的都忘掉，吃饭的时候什么都不用想。"于楠吞着一块白花花的鱼肉说道。

玲蓉听了，立马望向晓佳，正巧对上晓佳心虚的目光。

"哎呀，"晓佳放下筷子上的酸菜，"蓉，我跟你说，你别看我们班家长表面上不说些什么，谁知道他们背后怎样吐槽我呢？我们新老师就是被'说'的命。"

玲蓉小口小口地吃着糍粑，仍然没有说话。

顾冉语气和缓，问："怎么，被说了？"

玲蓉边咬糍粑的边儿，边点头。

"真是不可理喻，蓉为了他们班，尽心尽责，还要被他们家长说。"晓佳愤愤不平。

"因为什么事？"顾冉微微蹙眉说。

"运动会，蓉他们班没有穿班服。"

"就这点小事儿。"于楠惊讶道。

"关键是全校其他班级都统一穿了班服，公众号报道一出来，就我们班没穿，家长心理不平衡了。"玲蓉终于开口。

"那也不能怪你呀，之前都买好了，是他们投诉到学校，说家委会乱收钱，这才迫不得已把衣服退掉，钱退掉。"晓佳解释道。

"呐，现在都怪到你头上了？"于楠不可置信地瞪大眼。

"他们怪我没有提前说清楚，觉得自己的孩子在这样的氛围里会自卑。"玲蓉摇摇头，苦笑着。

"会自卑吗？"于楠问。

"怎么会？"晓佳连忙摆摆手，"他们班这次运动会团体第一名，我羡慕死了。"

"你们班呢？"于楠边吃鱼边紧盯晓佳。

"倒数，"晓佳大大咧咧地说，"我们班体育不行。"

"但你们班成绩好，"玲蓉终于夹起一块鱼肉，"不仅仅运动会开幕的事情，还有这次的语文词语测试，考得不好，他们觉得我误人子弟了。"

"考得不好就怪老师？我小时候语文也不好，我也没怪语文老师呀。"于楠以自己的亲身经历做示范，"一个班，老师一起教，有人考100，有人不及格，这怎么说？难道老师只教了考100的吗？"

"他们嫌我没有大张旗鼓地宣告这件事，没有把试卷发给他们，总之就是这也做得不到位，那也做得不到位，"或许是热乎乎的饭菜温暖了玲蓉的唇齿、嘴巴、食道、肠胃、肚皮，她的话越来越多，渐有大吐苦水之势，"但我也有自己的想法呀，我觉得学习并不是为了考试，也不是为了那些分数，就是……就是为了获得知识，对不对？健康成长，实现自己的理想。所以我就没在群里说这件事，也不想给孩子、家长太大的负担，毕竟也不是期末考试，对不对？说我还没发试卷让他们看到，因为我还没教好，最近事情特别多，还有明天的公开课，进度也就慢了些，而且我都是讲多少，写多少，批多少，每天在校解决的……"

"你就是不想给他们家长增添负担嘛。"郝晓佳宽慰地摸摸玲蓉的背。

"你就是为他们想得太多了，我小时候上学，我爸妈就只看我成绩，顾冉，对不对？你还记得我，有一次考英语睡着了，考了三十几，被我爸用皮带抽个半死。"

"我记得，但不是因为你考了三十几，而是考试前，你玩游戏通宵。"

"天啊，你这都记得。"

"这可是你的'光荣事迹'，你一直说我能不记得吗？"

"你们俩真逗。"郝晓佳打趣说。

"我说方老师，他们说什么，你别放在心上，"于楠开始把蛋饺、虾滑、海带等放进锅里，"如果我有了小孩，上学了，我第一想法也是希望放到老教师的班上。"

"你说什么啊？"晓佳立马打断。

"我没说错呀，人们都觉得老教师经验丰富，你想一年级的小朋友从幼儿园到小学，肯定很多不适应吧；新老师第一年大学毕业工作，也肯定有很多不适应，这个不适应加那个不适应，就更不适应了吧。那家长为了安心，肯定想把孩子放在有经验的老师手上啊。"

"什么不适应加不适应，于楠，你这么说，我可就不适应了，"晓佳的脸已经很臭了，她放下筷子，"我跟你说，我很适应。你别看不起我们新老师，所有老教师都是从新老师过来的，没爬就会走吗？没走就会跑吗？"

"没没……我没有说你们新老师不好，"感觉女朋友生气了，于楠连忙解释，"我的意思是这就是普遍存在的现象，人之常情。就比如我在社区工作，人家来办业务，第一眼肯定不会在我这儿办，觉得我是新人呗，愣头青，什么都不懂。同一件事同样的做法，做对了，是老人指导得好，新人还有进步的空间；做错了，会去怪老人吗？都是新人没有经验出了差错。现实就是这样，你左耳进右耳出就可以了。现在的我你爱理不理，以后的我你高攀不起。"

"对对，我高攀不起你。"郝晓佳眨巴着大眼睛揶揄地看向于楠。

"没没，你绝对是老天爷派来整顿我的。"于楠拱拱手，作求饶状。

"吃吧你，酸菜鱼都堵不上你的嘴。"晓佳脸红地说道。

那边郝晓佳和于楠粉红泡泡直冒，这面方玲蓉和顾冉却沉默不言。

顾冉舀了一大团虾滑放进玲蓉的碗里："别多想，工作只是生活的一部分，它不是你人生的全部。"

"你也遇到过这样的事吗？"玲蓉抬头问。

"他？他不会。"于楠夸张地摆摆手，"顾大医生，顾神，从小牛到大的，他和我们这些普通人不一样，没人敢说他。"

"哦。"玲蓉手哆嗦了一下，筷子上的虾滑又掉到碗里。

"听他乱说，"顾冉的语气中流露出罕见的不悦，"我就是个普通的小医生，他们说什么就让他们说，我们做好自己的本职工作就可以了。"

"是呀，他们说就让他们说去，我们好好工作，无愧于心就OK啦。"晓佳接着说。

"可是，"玲蓉幽幽地说，"伤人以言，深于矛戟。"

话一出，吃饭的氛围骤然降到冰点。大家不再谈什么，匆匆结束饭局。

"郝晓佳住得远，于楠你开车送晓佳回家，"吃完酸菜鱼，顾冉开始分配任务，"方老师家就在附近，我送吧。"

"你没开车呀？"于楠显然没有明白顾冉的用意。

"一点路，我们走回去。"

"好啦好啦，你别说了，我们先走。顾冉你要把蓉送到家哦。蓉，到家发条微信给我呀。"

"嗯。"玲蓉挤出一丝微笑，点点头。

郝晓佳看着后视镜里站着的一对，笑着对开车的于楠说："我以前怎么没发现顾冉和玲蓉很配呀。"

"啥？"

"拜托，你还没看出来，顾医生对方老师有意思。"

"不会吧。"

"怎么不会？"

"顾冉那块冰块儿，他的女朋友应该热情似火呀。你那个好朋友，不是我说，太弱了，和顾冉不配。"

"不许你这么说我好朋友，蓉一点也不弱，她就是敏感了些。"

"和这样的人在一起不累吗？"

"如果你真喜欢这个人，愿意包容她、爱护她，你就不会觉得累。"晓佳板起脸。

"好啦，好啦，我也不了解你朋友，为什么要为她让我们俩闹矛盾呢？"于楠发动"甜言蜜语"技能，"我的世界里只有你，你什么样子，我都喜欢。"

"嘴巴真甜！"晓佳黑色的眸子犹如天上的星辰，散发着恋爱的火光，亮得明丽。

穹庐之下，方玲蓉和顾冉走在回家的路上。玲蓉低着头，她的脑海里像放幻灯片似的播放着家长群里的聊天记录、桌上沸腾的酸菜鱼、陈老师的安慰、学生们上课的样子、放学时他们爸妈接孩子时拥挤嘈杂的场面、于楠的话……

玲蓉忽然觉得一阵恶心，她本吃得不多，但现在仿佛要把胃里的所有都吐出来。她停下脚步，左手扶墙，弯下腰，右手捂住胸口，血液直往头顶冲，泪水瞬时噙满眼眶。

"怎么了？"顾冉立刻轻拍玲蓉的后背。

玲蓉继续扶墙，没有说话。

"难受？"

玲蓉听了，点点头。

顾冉没再开口，只是一遍又一遍轻拍玲蓉的后背，路上人很少，几个路人好奇地转过头看。顾冉知道玲蓉自尊心强，连忙用身体护住她，不让其他人看见。

玲蓉感到一股热气，她肠胃好多了，但泪珠却再也忍不住，一颗颗滚下来。委屈，犹如潮水一般将她淹没，紧接着化作尖锐的锥子一点一点钻入她的心。

"哭吧，想哭就哭吧。"顾冉温柔地说。

在这冷冽的秋夜中，顾冉的气息犹如三月的和风笼罩着玲蓉。玲蓉心头一热，不禁靠在顾冉的怀中。她眼睛紧闭，牙齿咬着嘴唇，竭力制止哭泣，虽然顾冉说想哭就哭，但在一个还没那么熟悉的大男孩怀里流泪，她理智上觉得不合适。

玲蓉，就是这样一个纠结的人啊！

可忍不住，于是断断续续地啜泣，呜咽，再啜泣，静默……

"我没事，"玲蓉依然耷拉着脑袋，她吸吸鼻子，两只手抹抹脸，嘀咕道，"谢谢你，谢谢你，顾冉。"

顾冉不说话，玲蓉没有号啕大哭，也没有撒泼打诨，但她的低声抽泣，很有穿透力，听着让人心疼。他缓缓抬起右手，环住瘦小的玲蓉。一个小碎步，玲蓉贴到她的肩头，温暖，更温暖了。

又过了一会儿，玲蓉向外移动她的小脑袋，她慢慢抬起头，滚烫的耳朵和脸颊映入顾冉的眼帘。

"我不是故意这样的，"玲蓉轻声说，"我控制不住自己。"

"没事。"顾冉温柔地笑着。

"我好难受。"

"人有情绪总是要发泄，不要憋着。"

"憋着，会憋出病的。"玲蓉仰着头，嘴角努力挤出一丝笑容。

"是呀。"顾冉就这样静静地对着她的瞳仁，好像她说什么他都会赞同并无条件支持。不由得，玲蓉对他又多了份好感。"他是一个可以信赖的人。"玲蓉内心下了定义。

"回家吧，别冻着。"顾冉对玲蓉说。

"好。"玲蓉点点头。

两人并肩，继续走。

"你是不是也觉得我很弱？"玲蓉问。

"没有，"顾冉迅速回答，"我只是觉得，一些事情自己没有亲身经历过，又有什么资格去评论是非呢？莫经他人苦，未知他人难。"

玲蓉听了，微微开启朱唇，吸了一口气，又吐出一口气，心里好受多了。她看向顾冉，身边的男子气宇轩昂得像所有优质偶像剧中的正派男主角。"顾神?!"她突然有些明白于楠对顾冉的评价了，绝对不是开玩笑，就是这般让人心动、令人信服的存在。

顾冉也感觉到玲蓉的目光，于是学霸的大脑快速运转：要转过去看她吗？会不会吓到她？不转过去吗？可是想看看她呀。看她现在是什么眼神？刚刚自己说的话出问题呢？刺激到她某根敏感的小神经了？因为从小到大，他一直顺风顺水，玲蓉所遭遇的，他真的从没体验过，所以他无法给玲蓉百分之百正确的建议。如果能给，在听到消息的第一刻，他便会立马找到她，给她买最甘甜的美食，掏出诚意满满的锦囊妙计；可他不能，所以这个在外人眼中总是意气风发的男人也踟蹰了，因此更多的时候他选择凝视、陪伴、回应，还有刚刚在心动和心疼交织间的拥抱。

"顾神……"想到什么就说什么，果然是方玲蓉的风格。

"嗯?"顾冉不习惯她这样称呼，"你这样喊我，我担当不起啊。"

"我觉得于楠说得没错。"

"他说啥呢？"

"你上学时成绩是不是很好？"

"还好吧。"

"全班第一？"

"差不多。"

"呜——"玲蓉抿抿嘴，"果然是大神。以后就叫你顾神吧。"

"嗯……"顾冉一点也不愿意，应该叫他什么？顾顾？小顾？小冉？冉冉？妈妈叫他小冉，那玲蓉最起码也该称呼冉冉，这样才亲昵吧，但看身边的人儿兴致好了一些，便不打算现在计较了，"你想叫就叫呗，方老师。"

"你说我是一个合格的老师吗？"

"怎么这么问？"

"你觉得我能做好老师吗？"

"一开始都很难的。"

"你也是。"

"肯定的啊。"

玲蓉看着顾冉一脸沉静的样子，说："我不信。"

"你想，"顾冉耐心地说，"你刚到一所医院，什么人都不认识，什么事情都不了解，肯定都是一步一步开始的。"

"这个我懂，可是你被投诉过吗？你被人在背后戳脊梁过吗？"

"这个……总会遇到的吧。"

"那我希望你永远不要遇到。"玲蓉这句话说得很快。

顾冉听了心却漏了一拍，她是在关心他吗？

"遇到这样的事真不好受，"玲蓉幽幽的语气犹如天上悬着的冷月，"你知道吗？这是我带的第一个班级，我真的很想把这个班带好，我用了好多好多方法，不管是不是我的早读课，我7点半之前一定到班级，就是怕班上没老师，他们出事情。晚上不管多晚，他们有家长在钉钉上找我，我都立马回复。我真的付出了很多很多，为什么得到的却是……方老师，不行，这个老师不行。"

"不是所有的努力都会被人看到的。"

"是呀，小时候，老师跟我们说，天道酬勤，我还傻乎乎地一直相信着，现在我知道了，都是骗人的，哪有什么一分耕耘，一分收获，对你有了偏见，就永远看不到你的付出。"

"也不能这么说，你不能用一件事两件事去否定所有事。"

"可能吧。"显然，顾冉说的话，玲蓉是能听进去的。

已经走到楼梯口，玲蓉翻翻手机，哦，快8点了："我到了。"

"你租在这儿？"

"嗯。"玲蓉换上一个大大的笑脸，"今天谢谢你，顾大神。"

"不是顾神吗？又顾大神，说得我好像——"顾冉抬抬眉，"算命的。"

"呵呵——"玲蓉被她逗笑了。

"明天要上公开课？"

"嗯，"玲蓉点点头，"现在回去再看看教案，PPT。"

"明天会是一个新的开始。"

玲蓉一愣，她今天的状态应该很差很差吧，好听的不好听的，应该说的不应该说的，她都说了吧，但顾冉一直那么温柔，包容她，安慰她，没有不耐烦，也没有说一句不是，这让独在异乡的玲蓉很感动。

玲蓉看着站在对面的顾冉，月亮就在他的头上，他温和的气息犹如初夏的气流融化了冰激凌似的弯月。明净的月光洒在他的头上、肩上、影子上，镀了一层光的大神迷人得让人移不开眼。

"我上去了，拜拜。"

"拜拜。"

11 月 11 日　　22:45

Tomorrow is another day！

郝晓佳：还在看教案，睡觉啦，快睡觉，明天我们一起
　　　　战斗！

姚老师：我明天回来，听你的课哦，加油！

顾冉：《乱世佳人》郝思嘉。

第十一章　失败的"首次亮相"

11 月 12 日　11:51

（私密）我想回家！

全校 1 到 6 年级语文老师陆陆续续走进会议室，肖清华导师端坐在最中间，沉着脸，没有人说话，一时间会议室氛围沉闷压抑。

肖导师的左侧坐着负责教学的薛诗慧副校长，右侧坐着语文教导徐老师，徐老师旁边是今天上课的郝晓佳和方玲蓉。其他老师的座位按照年级组从低往高排列。

会议由徐老师主持。徐老师保持着笑容，说："尊敬的肖老师，各位老师，上午好。首先让我们用热烈的掌声欢迎肖老师在百忙之中来到我们学校指导。"

"啪啪啪——"会议室掌声雷动。

"今天我们两位第一年新进的年轻教师给我们呈现了两节一年级的语文课堂，相信大家听完课后，肯定也会产生很多想法。一年级是小学六年的基础年级，一年级小朋友可爱但也懵懂，怎么把握一年级课堂很值得我们去研究。因为时间有限，我就不废话了，下面让我们把宝贵的时间留给肖老师。"

"啪啪啪——"又是一阵掌声。

"谢谢薛校！"肖老师的话很有分量，会议室立刻鸦雀无声，"谢谢徐老师。感谢梅山实验小学给我们创设这样一个平台，让我们面对面再相遇。"肖老师停了停，锐利的目光扫过在座的各位："其实我们一个学期见面的机会也不多，那我就想尽可能让我们每次见面都能实现最大的价值，我想这也是学校请我过来的用意吧。"

薛校听了，微笑着朝肖老师点点头。

"所以我们要珍惜每一次见面的机会，呈现出的课堂要有可说的价值点吧。"

肖老师的声音不高，语气也不重，但一字一句都像敲击的钉子一样狠狠地扎在玲蓉的心头。

上午第一节是郝晓佳的公开课，第二节是玲蓉的，第三节评课。

上高中的时候，有一篇必背古文，出自《孟子·公孙丑下》，有这么一句话："天时地利人和。"

方老师的这节课呀，绝了，真可谓"天不时地不利人不和"。

先说说"天不时"，短短一周，遭遇了一连串的投诉、质疑，方玲蓉整个人的气压本来就低，导致她由内到外都充斥着一股无力感，所以当临场遇到一些问题时，她大脑瞬时短路了，表情控制不住了，她也知道她的状态实在是糟糕极了；再说说"地不利"，早读课的时候，她才知道因为还有数学教研课，所以语文课的上课地点从智慧教室1换到了智慧教室2，玲蓉不得不在早读课的时候跑到智慧教室2，试PPT。倒霉，PPT竟然和电脑不匹配，有些页面乱了，所有的字体都变成了宋体。

"玲蓉，你的PPT怎么这样？"一旁也在试PPT的郝晓佳关心地问。

"我也不知道啊。"玲蓉慌张地回答。

"我PPT已经试好了，你来吧。"

"好的，谢谢。"

"字体都不是楷体啊。"

"来不及改了，第一节你就要上课。"

"那……"晓佳不置可否，"不改呢？"

"会不会被说？"

"这是个小问题，你把其他都上好，应该没关系的。"

"好的。"

"你看，你这行词语都转行了；这段前面没有空两格；这张图片看不清……"晓佳一直在帮助玲蓉，两人手忙脚乱地捣鼓着，还要试一下板书、铅笔、黑板擦、站位，这些都是徐老师提醒的，徐老师说，上课前的准备很重要。

"哎呀，我现在要去带学生过来，还要排一排座位了。"

"嗯嗯，你去吧。"

"那你们班，你待会儿带学生过来吗？"

"我和张玥说了，第一节是数学课，她下课后带学生过来，第一节课我想在旁边的空教室，再背背教案，我怕我忘记。"

"你忘记了你就自己编，"即便快要上公开课了，但晓佳并没有非常紧张的感觉，说云淡风轻那是不可能，晓佳感受到的反而是一种兴奋，辛辛苦苦准备了两周，就要爆发啦，就要解脱了，想想都觉得开心，她走到门口，又不放心玲蓉。玲蓉最近倒霉死了，估计是水逆，她也不明白自己为什么对玲蓉这么上心，比对男朋友于楠还要好，可能是因为一起进学校的吧，有一种革命情谊，而且虽然于楠说玲蓉很难相处，但她觉得玲蓉单纯、可爱、没有心机，三观正，还有一点特别重要，她有一份古道热肠，这是让晓佳最爱最着迷的地方。很多年后，学校大礼堂，台下的郝晓佳看着坐在台上的一头短发、滔滔不绝的方玲蓉，会心一笑，因为她知道不管时光荏苒，境遇几何，方玲蓉还是方玲蓉，她的"玲蓉""蓉""蓉儿"赤诚之心仍在，"你让张老师提前点时间整队，带学生来，还要排座位的。"

"嗯嗯，好的。"

张玥做事向来靠谱，这不第一节课还有两分钟下课，她已经把学生带到智慧教室门口了。这是孩子们第一次到这个地方，他们好奇极了。他们先是轻声交流着。

"这是什么地方啊？"

"高端大气上档次。"

"我们待会儿上课是不是很多老师都要来听？"

"会不会有校长？"

"哪个校长？"

"我们学校校长可多了。"

"哎呀，许晨晨你语文书呢？"

"啊，我忘带语文书了！"

"你上语文课竟然不带语文书？"

"老师，张老师，许晨晨没有带语文书。"

张老师走来，皱着眉头问："许晨晨，你没带语文书。"

"我……我忘带了。"

"那你赶快去拿呀。"张老师像想起了什么，又问道，"去教室的路，认识吗？"

智慧教室2和"太阳（1）班"不在一幢楼，这又是学生第一次来这个教室，肯定不认路的。

"这可怎么办？我要在这里看你们，也不能离开。"张玥也急了，忙打电话给玲蓉，"方，你快来，你来了我带许晨晨去拿语文书，他忘带书了。"挂掉电话，张玥又不放心，忙问："其他人的书、文具盒带了吗？"

"带了！"

"带了！"

…………

张玥和孩子们都没意识到，他们在门外的声音是如此吵闹，吵到肖导师直接低声问薛校："外面有班级在上课吗？"

薛校笑着，没有接话。

旁边的徐老师见了，轻声说："可能是下一堂上课的班级，来做准备了。"

"声音有点吵啊。"薛校边做笔记边开口。

"一年级小朋友第一次上公开课，激动吧。"徐老师继续解释道。

"老师在哪里呢？"肖导师对视着徐老师，"这个时候不应该老师站出来管理吗？"

"徐老师，纪律不是只在课堂上的，课前课中课后都要讲规矩。"薛校，四十大几，特级教师，烫着精致而蓬松的波波头，一双扁桃仁般大眼睛，戴着一副黑框眼镜。她并不爱笑，但也不至于严肃到不可接近。说实话，玲蓉和她接触得不多，在玲蓉的印象里，她喜欢就事论事，没那么多废话，也没那么多客套话，一语中的，指出你的问题，虽然语气不冷也不热，可说话的时候，听者会觉得连她嘴角的皱纹都显得如此有智慧。

"好的，我明白了，评完课我就和老师说。"

"下面一节课的老师是谁？"

"方玲蓉。"

"这名字还不错？"肖导师笑笑，"挺有灵气的。"

"这姑娘挺刻苦的。"徐老师说。

"方玲蓉……"薛校一面在心里默念，一面在笔记本上写下名字。方玲蓉，她是有印象，且不说姚静在她面前夸过，单就每次早读课前的巡视，一（1）班永远都是有老师的。的确是刻苦的小孩，不过光勤奋还不够，期待她今天的表现吧。薛校抬起头，看向大门，随着铃声响起，一群孩子走出教室，又一群孩子涌进来，薛校目光炯炯，不经意间微微摇头，"方玲蓉，还要多多锻炼啊……"

为什么这么说？因为"人不和"呐。昨天，玲蓉又和孩子们说到第二天上公开课的事情，一方面玲蓉让孩子们不要紧张，积极举手发言；另一方面，玲蓉又允诺表现得好给他们奖励。

"老师，是糖果吗？"黄景愈举手问。

"可以的。"

"老师，我想要小本子。"李梓轩站起来兴冲冲地说。

玲蓉觉得他有些过了，可转念一想，现在板起脸说教会不会影响他们明天上课的积极性，便强颜欢笑："也可以。"

……

"喔！喔！"

孩子们就像运动会那时一样又开始群体起哄。彼时，站在讲台上的方玲蓉看着一张张天真烂漫的笑脸，怎么也想不到"物极必反"，放松到极致竟变成了轻视怠慢。桌子和凳子和教室里的不一样，是木头做的，桌子重，但凳子不重，动一动便会发出"嘎吱"或"咚咚"的声音。孩子们陆续进来，玲蓉安排座位，下课只有短短十分钟，玲蓉害怕来不及，整个人的动作显得既迅速又机械。

"你坐这儿……这里……这边……"

"老师——"刚坐下来的李梓轩跑过来。

"怎么呢？"

"许晨晨坐在我前面，挡着我了，我看不见。"

玲蓉转过头，她身边还有很多学生，便直径走过去，说："许晨晨，你和李梓轩换一下座位。"

"哦。"许晨晨同意了，玲蓉又转过身继续排座位，她没看到背后李梓轩对着许晨晨做的鬼脸以及许晨晨噘着的小嘴。

第二节课有眼保健操时间，直到这个时候，教室里还没有完全安静，仍然有人在窃窃私语。其实玲蓉一直在提醒，但或许是她今天的表情太温柔了，孩子们都不以为意。就像前面说的，他们今天真的一点都不紧张，甚至没把这儿当作一个正式的课堂。

眼保健操结束，玲蓉记得这句不以规矩不能成方圆，所以在上课之前，她还是再次提醒学生。

"小朋友们好，今天我们要一起上一节语文课，还记得方老师一直强调的吗？小眼睛——"

"看黑板。"

"小耳朵——"

"认真听。"

"小小手——"

"放放好。"

"仔细听。"

"小小脚——"

"并并拢。"

"孩子们真棒，让我们保持这样的状态开启我们的语文课堂吧。上课——"

"起立！"

"同学们好！"

"老师，您好！"

"请坐！"

"吱呀吱呀——"坐下来的同学们动动椅子，发出轻重不一的声响。有孩子立刻被它吸引住了，比如唐静，40分钟有一大半的时间都在想这个凳子，她一会儿看看方老师，一会儿偷瞟凳脚，向左边移一移，再向右移动，嗯？怎么还没有声音？那往前呢？往后呢？她不断尝试着，早就忘了此时正在上一节对方老师来说比较重要的课。

不专心的结果便是站起来回答问题不断出错，不到位。玲蓉不得不针对性纠正、引导，这大大拖沓了玲蓉的讲课进度。下面有些学生不耐烦了，像李梓轩和许晨晨，这对"小冤家"

坐在后面，一点也不安生。李梓轩用脚踢许晨晨的椅子，许晨晨回踢，踢不着，甚至转过头，瞪一眼，全然没有理会后面听课的老师。

当然，也不是他们故意不理会的，小孩子如果看到乌泱泱一片老师专心致志地看着他们，肯定会紧张。主要是智慧教室很长，由两个部分组成，一个上课室，一个是观察室，中间由单向镜隔开，观察室内的老师可以透过窗户看清上课室里的一切，但上课室里的人是看不到观察室的。总而言之，孩子们根本不知道他们背后有多少双眼睛。

一开始的字词板块是玲蓉花心思最多，也最引以为豪的环节，但从出示第一行词语开始，课堂就很不顺利。玲蓉问："'小鸡、小狗、小鸭、小马'，谁来读？"

有学生举手，读得也不错。

玲蓉追问："读了之后，你感觉到什么？"

学生一愣，想了半天说："它们都很小。"

"还有其他的想法吗？"

屋内一片安静，玲蓉手开始颤抖，表面上她还是一副笑脸："觉不觉得加了一个'小'字，变可爱呢？"

"嗯嗯——"有小朋友点头。

"那我们一起读出这一份可爱吧。"

"小鸡、小狗、小鸭、小马——"孩子们读了起来，可哪里读出可爱了，拖拖拉拉，玲蓉觉得有必要再指导。

"孩子们，听老师读，'小鸡、小狗、小鸭、小马'，我们再读一遍。"

"小鸡、小狗、小鸭、小马——"孩子们又读了，稍稍好一些，但还是拖，他们平时读词读句都挺好的，今天怎么这个样子？

这样想着，玲蓉的手抖得更厉害了，虽然一节课磕磕绊绊上完了，但严重超时，下课铃响的时候，玲蓉刚开始教生字的书写。怎么办？要继续，还是直接下课？如果下课，这节课就不是完整的了，算了，硬着头皮讲吧。

"总的来说，我觉得郝老师这节课可圈可点的，特别是她这种亲和、活泼的教态，很适合一年级课堂，我想小朋友们应该很喜欢郝老师，下面我们重点来说说方老师的课。"肖老师的话把方玲蓉从回忆拉到现实，她头低得更低了，恨不得找条地缝钻进去。

"你们都知道，我这个人比较直接，不拐弯抹角的，但我是对你们负责，对学生负责。年轻老师，我老早讲过，若在三五年内拿不出点成绩，往后的教学生涯会很难看的。这节课，我的总体感觉是，不好。"肖老师停了停，继续说，"不好在哪里？第一点常规，这个班的学生坐没坐样，站没站样，一个学期过了一大半了，连听讲都不会，后面有两个男生还一直在互相踢。我想问这些学生一节课到底能学到什么？一年级就是来立规矩的，方老师——"

"嗯。"被点名了，方玲蓉猛地抬头，她脸红通通的，眉宇间期期艾艾。

"你以后上课，先把常规整理好，整理常规可不是一两句口诀就能搞定的，你可以多问问老教师，该怎么管理班级。没有常规，课就不要去上，上了也没效果。"肖老师面色冷峻，继续说道，"其次，我能感受到方老师在一些环节上还是有巧思的，比如词语板块，但当学生回答不到位时，老师应该怎么去引导呢？太生硬了，太急着赶节奏了。你不要急啊，哪里不会教哪里，你的课不是表演课，不是为了迎合我们。你要搞清楚，你设计这节课不是为了展示你自己，课堂教学的最终目的是学生要学到什么。还有，下课铃响了，课还没上完，是不是在时间分配上没有做到位？最后，一年级的语文课堂，竟然不写字，不反馈字，话说我听了几年的课了，真的没有听到这样一节……"肖老师停下，似乎在想怎么形容才恰当，他的目光像一道冰冷的月光扫射全场，最终落到玲蓉脸上，又过了一会儿才移开，与此同时，他开口了："漏洞百出的一年级的语文课了。"

空气里弥漫着沉重压抑的气息，老师们都不敢正眼看他。"谢谢肖老师，"徐老师适时凑近话筒，语气依旧平缓，"谢谢肖老师精彩的点评，给我们新老师提了很多宝贵的意见。我们的新老师，都是很优秀的，就是还需要多尝试，多锻炼，一年级常规非常重要。这两节课我听下来，也觉得第一节要比第二节好，为什么呢？郝老师班的常规不错，学生都很专注，这样的课堂就是有效率的。方老师，在抓常规方面，还要继续努力。"

"嗯。"玲蓉木然地点点头。

"薛校，你要不要再说一些。"

"好的，我来说几句。"薛校习惯性拍拍面前的话筒，"今天听课的时候，我发现有些听课老师不是那么关注这两节新进教师的课，是因为这是一年级的课吗，还是觉得新老师的课没有含金量？对于这样的态度，我是不赞同的。一年级是起始年级，所有的习惯养成都要在一年级打好基础，就像肖老师讲的，一年级不会坐，不会站，不会听，不会写，你还指望他到了中高年级会？我们学校一直实行的是循环制，你总有一天要来教一年级的，面对这些无所顾忌，刚从幼儿园上来的一点都不懂的孩子，你会怎么办？可能你还不如这两位新老师做得好呢。我们老师，和其他职业不同，必须活到老，学到老，不能怠慢。今天我们非常感谢肖老师在百忙之中莅临我校指导教学，真的，我学到很多。其实肖老师，我们这两位老师平时工作都很用功的，今天呈现的课堂有问题，但两位老师的态度绝对没有问题。"

"这，我也相信的。"肖老师喝了口茶水，继续说道，"我也是为她们着急呀，三年出不了成绩，就没得谈了。"

"是的，我也知道肖老师肯定是为了她们好，我们也会多关注新教师，多指导，多帮助。"

"丁零零——"下课铃响，评课终于结束了。

"徐老师，你带肖老师去食堂，其他老师也可以去班级带学生吃中饭了，我们一年级组留一下。"薛校站起身又和肖老师握手，寒暄了几句。当她坐下时，会议室只剩下她和一年级组的语文老师。

"方老师，这节课试上了吗？"

"试上了。"

"几次。"

"两次。"

"试上效果怎样？"

"第一次不太好，后来徐老师给了我很多建议，第二次还是可以的。"

"第二次我听了，的确不错，"杨老师接话道，"其实整堂课的环节没有太大的问题，主要还是1班的学生今天不给力啊。"

"平时怎样？"

"平时1班没今天这么'疯'的，"姚老师说，"估计第一次上公开课，觉得稀奇吧。"

"那些孩子第一次进那种教室，好奇的，"杨老师转过头对玲蓉说，"方老师，你其实可以轻声提醒一下的，玻璃后面有很多老师，他们看不见，估计就放飞自我了。"

"嗯。"玲蓉依然木木地点头。你不知道她听进去多少，她现在脑海里都是这糟糕透顶的课堂，还有肖导师的话，他说，这节课很差，是失败的。第一点哪里哪里，第二点怎样怎样，年轻老师三年不出成绩就 Game Over……准备了这么久，还是一败涂地，玲蓉觉得自己很没用。

或许，她不适合做老师吧。

"方老师，你觉得自己这节课怎样？"薛校问。

"不好。"玲蓉有气无力地迸出两个字。

"哪里不好？"

"哪里都不好？"

"啊——"郝晓佳倒吸了一口凉气，她用胳膊碰碰玲蓉，心里很着急，"拜托，大姐，你不能用这种语气跟校长讲话呀。"

薛校没想到玲蓉会这样回答，她皱了皱眉头，语气也加重了些："就算是哪里都不好，方老师，你也要把问题找出来，面对它，解决它，不然你以后的课堂还是会有一堆问题呀？"

"我不知道……"玲蓉双肩开始一抖一抖，泪水涌上眼眶，她低下头，努力压制着，多丢脸啊，为什么总是哭，为什么要在这么多人面前掉眼泪，她不想，但声调里已然有掩饰不住的哭腔，"我真的很认真地准备，也和他们说了要好好上课，有奖励，但最后却是这样……"断了线的泪珠潮湿地划过她的脸颊，在干燥的皮肤上留下一道道曲折的线，玲蓉再也忍不了了，她伏在桌子上，猛烈地抽搐起来，泪花也顺着指缝无声地流下。

"别哭了，别哭了。"郝晓佳立马找面巾纸递过去。

玲蓉伏在那儿，轻轻摇头，不管不顾，没有接话。

姚老师走过去拍拍她的后背，安慰道："不哭，不哭，遇到问题我们就解决，玲蓉，你还有我们呢！"

薛校有些被玲蓉的反应吓到了，她也走过来，轻声细语说："方老师，哭是解决不了问题的，多大的人了还像个孩子。"

"郝老师，麻烦你去把门关一下。"姚老师忽然对郝老师说。

"好的，好的。"

姚老师又轻声对玲蓉说："玲蓉，这里是行政楼，校长主任都在这儿，我们在这里哭，不好，有什么不顺心回办公室说，好吗？"

"嗯嗯。"玲蓉听懂姚老师的暗示,点点头,她使劲擦擦脸,站起来,踉跄着收拾东西,抿抿嘴,恨不得要把唇卷进口腔内似的,她不好意思地对薛校说:"薛校,刚刚对不起。"

"你吓到我了,"薛校笑笑,"一个人的路哪有一帆风顺的,都会遇到挫折,方老师,哭是解决不了问题的,你有什么不懂的、疑惑的,都可以来找我。"

"谢谢薛校。"

"不客气。"

玲蓉就这样昏昏沉沉走进办公室。"玲蓉……"郝晓佳刚准备开口,就被玲蓉打断了。

"我想一个人静静。"

"好。"

玲蓉伏在办公桌上,泪水无声地流淌着,她打开手机,点进一个又一个 App——相册、微信、网易新闻、QQ 音乐……其实她什么也看不清,因为两只眼睛就像淋雨的车窗,朦胧一片。

好久好久,她做了一个决定——

"我要回家!"

  11 月 12 日 17:43

  分享音乐:《500 Miles》(Hedy West)

第十二章 找自己，寻初心

11 月 13 日　11:51

（私密）近乡情怯！

周五下班回家把行李整理好，订了大巴的车票，最早一班 7:40 的。

周六早晨 5 点蹑手蹑脚起床，刷牙、洗脸、关门、离开，小区门口买了一个鸡蛋饼，打的到车站。

大巴很准时，9:40，玲蓉便到了三水——她的家乡。

两个小时的车程，玲蓉一直听着音乐，闭目养神。

很多很多歌啊，都是大学里喜欢听的——

《逆风》："黑夜逆风细雨 / 梦想热情和我 / 痛苦却又甜蜜 / why should i care at all？/at all……"

《最初的梦想》："最初的梦想紧握在手上 / 最想要去的地方 / 怎么能在半路就返航 / 最初的梦想绝对会到达 / 实现了真的渴望 / 才能够算到过了天堂……"

《淋雨一直走》："淋雨一直走 / 是一颗宝石就该闪烁 / 人都应该有梦 /Oh/ 有梦就别怕痛……"

……

抑扬顿挫的旋律，让她仿佛坐上了时光机回到了几年前的大学，那张温暖的上铺，那个偌大且安静的图书馆，那条洒满碎金似的阳光的林荫大道，多么美好的大学生活啊！虽然遇到了负心

171

人阿耀，但不能因为他否定这四年的流光溢彩呀！

你说，在大学的那些日子中，玲蓉没有遇到困难吗？肯定有，伴着歌者的一声声呐喊，玲蓉想起来了。

大一，有一门课叫作现代汉语。上课的老师学问很高，但说话方言味比较重，玲蓉努力听也听不大明白。第一、二单元内容主要是关于汉字的造字法。东汉著名的经学家、文学家许慎花费至少二十一年编撰了世界上第一部字典《说文解字》。在这本书中，他把古文字构成规则进行了概括和归纳，即象形、指事、会意、形声、转注、假借。起初，玲蓉觉得这些并不难，一节课一节课认真听，一个知识点一个知识点仔细学，都能掌握，但一节随堂测试，玲蓉却发现自己竟全部混淆，错了很多。"怎么会这样？难道自己学不会？我可不相信。"玲蓉心里想着，又看看周围的同学，舍友筱影全对！好棒！一下课她便缠着筱影，问东问西。

"这道题为什么选 A，不选 C 呀？"

"这个，你要先明白会意的意思。"

"我知道呀，会意是用两个或两个以上的独体字根据意义之间的关系合成一个字。"

"是的。"

"可是我知道，还是会选错。"

"你看，这道题，你就是把会意和形声搞混了。"

"搞混了？"

"对，我做了一张表格，把这几种造字法做了比较，我借你看。"

"谢谢，最爱你了，筱影。"

"蓉啊，你可以记一下每种造字法的例字，考试就考那几个的。"

"哦哦，筱影，你好棒！"

"哈哈——"玲蓉一把抱住筱影，"我请你喝奶茶哦。"

"好滴！"

大一第一学期还有晚自习6点半开始，8点结束。玲蓉的大学在郊外，所以夜晚，你抬头看，真的能望见星星，一颗，两颗，三颗……像时闪时现的糖果，像宇宙中神秘莫测的种子，引人无限遐想。玲蓉和她的舍友便顶着一片星辰，上习。在那些个夜晚，玲蓉看笔记、读专著、做题目，终于弄懂了六书，对心理学产生了浓厚的兴趣，沉醉在鲁迅、郁达夫、汪曾祺凝练的文笔中……

期末考，现代汉语，优秀！

还有那年大二，突然接到一个大三学长的电话，他们要拍一个视频，文稿想让玲蓉写。

"方玲蓉，我们正在二食堂碰头，你来一下？"

"好的。"

玲蓉穿了件外套，随意挎个包，匆匆走出宿舍。

食堂里，学长问："就是这个主题，你有什么想法？"

因为刚拿到主题，玲蓉脑子还没转过来，便微笑着没有回答。

"她才大二吧，我们这个视频要参加省比赛的，她行吗？"玲蓉听到学长旁边一个娇滴滴的声音。

"你们还有什么资料吗？"

"我电脑里有。"学长说。

"这样，学长，你把资料发我，我今天明天拟个草稿出来，你看行吗？"

"好嘞。"

凌晨，玲蓉一点儿也不疲倦，学姐的话激起了她无穷的斗志，深邃的夜空赐予了她无尽的灵感，随着"哒哒"的敲击声，洋洋洒洒的文稿显现在电脑屏幕上。

"玲蓉，你昨天是不是很晚才睡？"舍友芮雯问。

"嗯，"玲蓉点点头，"我打字打扰到你们了，对不对？"

"还好啦，"青子说，"就是你不能总是这么晚睡，晚睡对皮肤不好。"

"我保证，明天就早早睡觉。"

"哎呀，你们别说玲蓉了，"筱影边敷面膜边说话，"人家玲蓉是在创作，懂吗？夜里才有灵感。"

"是不是又在写什么？"丽萍问。

"嗯，帮一个学长写视频文案。"

"哇，"芸芸鼓掌道，"视频文案啊，好棒。"

"还不知道能不能过关？"

"肯定过关的，我们玲蓉可是大作家。"筱影是宿舍中年龄最大的女生，也是舍长，平时就宠着这帮小妹妹。

"玲蓉，我说你以后别当老师了，当作家吧，有名又有钱。"青子调侃道。

"不要，"彼时的玲蓉微微昂起桃型的笑脸，眉宇间都有快乐的音符在跳跃，嘴角生动地浮起，绽放出姹紫嫣红，"我要做老师的，我的理想是做老师！"

后来，视频按照她的文案拍摄，获得了省一等奖！

"还记得你说家是唯一的城堡／随着稻香河流继续奔跑／微微笑／小时候的梦我知道／不要哭让萤火虫带着你逃跑／乡间的歌谣永远的依靠／回家吧／回到最初的美好……"

"对这个世界如果你有太多的抱怨／跌倒了就不敢继续往前走／为什么人要这么的脆弱堕落／请你打开电视看看／多少人为生命在努力勇敢地走下去／我们是不是该知足／珍惜一切就算没有拥有……"

周杰伦的《稻香》，玲蓉太熟了，她是杰伦的粉丝，张张专辑不落。以前宿舍出去聚会，KTV 里，这首歌是她的必点曲目。玲蓉喜欢杰伦用嘻哈民谣的方式传递一种暖暖的、清新的调调——不要那么容易就想放弃，功成名就不是目的，让自己快乐才叫作意义。

玲蓉在心里跟着熟悉的节奏唱起《稻香》，睁开眼，窗外农田、楼房刚呼啸而过，但玲蓉又发现，紧接着映入眼帘的又是一大片农田、一幢幢楼房，周而复始，仿佛在大巴没有到达终点之前，一切都有可能，所有都未完结。

忽然，她好想念大学时的自己。那个其貌不扬却一点也不服输的玲蓉，那个明明五音不全却在 KTV 里大声歌唱的玲蓉，那个虽然也有很多顾虑，但会自我调节、露出明媚笑容的玲蓉，那个心中有希望的玲蓉，那个自己暖暖的，也会给别人带来温暖的玲蓉……那个玲蓉去哪里了呢？那个玲蓉为什么消失了呢？是因为"独在异乡为异客"的寂寥深化成惶惶不安的归属感缺失吗？是因为同龄人的优秀让她无法化解内心的焦虑，甚至在自惭形秽中生出一丝黑暗面的妒忌吗？是因为接二连三的打击令她手足无措、一筹莫展吗？是因为她总得不到肯定和认同吗？

NO！如果有人听到玲蓉的心声，肯定会反驳，明明姚老师、杨老师、陈老师、张玥、郝晓佳，还有顾冉，他们都在为你加油，说你很棒！为什么你还是越来越否定自己，自怨自艾，情绪失控，只知道哭泣？

玲蓉按按太阳穴，一连串反省的问号，让她头疼，她多么希望以前的那个玲蓉回来，快回来！

在音乐循环至《逆风》的时候，到站了！

玲蓉迫不及待地下车，她只背了一个双肩包，轻装出行，没有负担。环顾四周，玲蓉有些激动，她已经大半年没有回家了。大半年啊，说长不长，说短也不短，就在这几个月中，她遇到了很多很多事：下定决心做代课教师，企盼和男友长相厮守却被无情抛弃；过五关斩六将变身一年级方老师；从一开始的手忙脚乱到绞尽脑汁稳定课堂，创立"太阳（1）班"；被郝晓佳拉着参加联谊相亲会，遇到牙医顾冉；被家长投诉；轰轰烈烈的运动会；满怀期待在导师面前一鸣惊人却惨遭"滑铁卢"……想着想着，玲蓉忽然生出一种沧海桑田的感觉。

不过老家的车站可没变，走出大门便是公交末站，333直到家，这些都没变。是的，只要家还在那儿，一个人不管是肉体还是灵魂就都有了可以稳稳依靠并倚仗的地方。

"耶！我想'葛优躺'在沙发上。"玲蓉在心里呐喊，愉快地上车，很快便到了目的地。从站台到家有一段距离，玲蓉却放缓脚步，她有些紧张了。这么一声招呼也不打就回家，爸爸妈妈肯定会问原因的。玲蓉已经想好了，她准备先说，她想他们，非常想非常想，这也是事实，然后便借口回家拿学校需要的资料，爸妈应该不会起疑吧。

玲蓉家门口有三条路，遍布着林林总总的小商铺、饭馆、菜市场。这会儿10点，路上还有很多人，买蔬菜、肉、水产品……一些店是新店，玲蓉不认识；但那些好吃的老店啊，依然门庭若市。你听过只做早餐的饭店吗？三水到处都有，玲蓉家门口就有一家远近闻名的"古月"店，名字风雅，内里烟火气十足。早餐在玲蓉的家乡，有一个更好听的名字——早茶，从5点到11点，无论男女老少，齐聚一堂，有位子就坐，管他认识不认识，有时八仙桌上能挤五个家庭，一个单身的、男女谈恋爱的、一对小夫妻、妈妈带着女儿的、爷爷带着孙子的，鱼汤面、蟹黄包、鸡肉饺、大煮干丝……边喝茶边吃，忙着上班的就不说话，赶紧吃，吃完走人，开启新的一天；闲着的那可有的聊了，谈天说地，直侃到中午饭店打烊。老板老板娘也不生气，还会有一搭没一搭地跟着一同谈天说地，其乐融融。

方爸爸也喜欢吃早茶，玲蓉下意识地往古月的窗口探了探头，哎，那个身影，1.7 米的个子，不胖不瘦的身材，蓝色夹克黑裤子运动鞋，吃着热腾腾的包子，虽然就是人群中很普通的男人的背影，但玲蓉还是无比确信，那——是他的爸爸。

"蓉蓉，怎么回家啦？"

"我……"

忽然，玲蓉觉得不管之前做了多少精心的准备，如果爸爸开口，她便无法撒谎，就像刘慈欣笔下的"三体人"一般，但她并不想向爸妈吐露所有的不快，她不愿他们担心。你看，爸爸的头发又白了一些，他的腰板儿已经没有以前挺拔了。

方爸爸和方妈妈是老来得女，他们 35 岁的时候才生下玲蓉，对她自是宠爱，特别是方爸爸，对她更是含在嘴里怕化了，捧在手里怕碎了。方家是普普通通的工薪家庭，方爸爸方妈妈经历了90 年代的下岗潮，可即便在最困难的时候，他们也倾其所有，把认为最好的都给了玲蓉，吃用方面从来没有委屈过她。方爸爸从小好学，阴差阳错，没有上成大学，这是他一生的遗憾，所以他把希望都寄托在方玲蓉身上。

不管是九年义务教育、三年高中，抑或是在大学里，在苏州考进教师队伍，去梅山实验小学上班，玲蓉从来没有上过一天的辅导班，也没让爸妈送过一条香烟、一瓶酒，一切都是靠她不懈奋斗得来的，这是方爸爸一辈子最骄傲的事！

"老方啊，来吃早茶？"老方很久以前的同事老沈，刚走进古月饭店，便瞧见了方爸爸。

"哎哎哎，老沈，你也来吃啊。"

"呦，蟹黄汤包，老方，现在可舍得啊。"

"老方以前要省钱给女儿上学，现在不用了，还不吃吃好的。"老板娘笑道。

"呦，老方女儿大学毕业了？"

"毕业了，毕业了。"

"时间过得真快呀，我还记得她小不点的样子，灵巧的咯。"

"老方女儿了不起啊。"老板娘夸道。

"女儿现在在哪里，干吗？"

"在苏州，做老师。"方爸爸虽然语气淡淡的，但言辞间有满满的自豪。

"小丫头自己找的？"老沈惊讶地问。

"嗯嗯！"方爸爸重重地点头。

"不简单不简单！小丫头从小成绩就好，老方啊，你……"老沈朝方爸爸竖起大拇指，"有福了！"

方爸爸夹起一块干丝，深浅不一的皱纹向外漾起，飞扬出一朵饱经沧桑的花苞。

远远看着的玲蓉虽然不知道爸爸在和别人具体说什么，但老父亲是那么开心，她实在不想扫兴，如果自知根本就无法撒谎，那就不要让家人看尽自己的眼泪，并为之操心。

"爸爸妈妈生我养我二十多年，够辛苦够不易的了。"想着，玲蓉转过身，离家越来越远，下一站，去哪里呢？

"小妹妹，去哪里？"出租车司机问。

"新桥小学。"

"现在已经没有新桥小学了。"

"啊？"

"还好，你遇到了我，如果不是三水本地人都不知道的，新桥小学被合并了，改名字了。"

"那现在叫什么？"

"三水实验小学平河分部。"

"哦。"

"学校都重建了，现在特漂亮。"

"三水真是越来越好了。"望着车窗外鳞次栉比的楼房、宽阔的道路，玲蓉由衷感叹道。

"是呀，政府这些年做了很多实事，把道路扩宽了，还建了很多新学校嘞。"

"真不错！"

聊着聊着，司机大叔喊了一声："到咯！"眼前是一幢幢高大的教学楼，三十多平方米的保安室连着一排自动伸缩门，墙壁上镶嵌着几个金色大字——三水实验小学平河分部。

"哇，变化真大！"玲蓉暗想，快步走到保安室。窗口处有一个穿着制服的大叔。

"您好。"玲蓉满脸笑容。

"你好，有什么事？"

"我想进学校看看。"

"你想进学校？"大叔一脸疑惑。

"我以前是新桥小学的，这次回来，想看看母校。"

"哦，你是新桥小学的啊！"大叔立马热情起来。

"嗯嗯。"

"哎，我怎么看你这么眼熟，你叫什么名字？"

"我叫方玲蓉。"

"哦，对，方玲蓉，我儿子和你以前同桌过。"

"啊，大叔，您儿子是？"

"何以豪呀。"

"哦哦。"玲蓉朦朦胧胧有印象。

"现在在哪里啊？"

"在苏州。"

"苏州好呀，你现在在苏州干吗？"

"做老师。"不知怎的，当玲蓉说出"老师"这两个字时，胸脯间竟隐约有一种无法言明的自豪感。

"老师，好！这个职业好，教书育人，光荣的。"何大叔虽然文化程度不高，但一直在学校门卫室工作，这些和教育相关的词语，张口就来。

"谢谢叔叔，那叔叔，我能进去吗？"

"嗯，进来进来，"何大叔说着便打开了门，"要不要我带你转转？"

"不用，不用，我自己逛逛，谢谢叔叔。"

小城镇就是这样，有规矩，也有人情。

玲蓉背着包走进学校，学校已经和以前完完全全不一样了。

教学楼以棕红为主色调，外部再加以充满设计感的白色几何外框，现代味十足。学校很大，操场上400米的蓝色环形跑道、两个篮球场、五六层的看台和庄严的主席台，主席台正对面，鲜艳的五星红旗迎风飘扬。

上学的时候，每周一有升旗仪式，玲蓉很多次都是升旗手，随着雄壮的国歌声，她总会想起爸爸和老师讲述的烈士们抛头颅、洒热血的画面。"天若有情天亦老，人间正道是沧桑"，我们亲爱的祖国经历过重重苦难，但不屈的中国人众志成城，用坚韧不拔的意志和无与伦比的智慧，以鲜血和生命谱写正义之歌，缔造一个又一个辉煌！

阳光总在风雨后！

痛苦留下的一切，请细加回味！苦难一经过去，苦难就变为甘美。

玲蓉，是不是？

玲蓉觉得嗓子眼儿像被什么堵住似的，现在当了老师，每到升旗仪式，她带着学生一起望着五星红旗冉冉升起，心中依然激动不已。她会教育孩子们，中华人民共和国国旗是中华人民共和国的象征和标志。每个公民和组织，都应当尊重和爱护国旗。参加升旗仪式时要肃立、端正，保持安静，行注目礼时神态要庄严，不能东张西望，嘻嘻哈哈。每个孩子都有做升旗手、在国旗下讲话的机会，玲蓉鼓励孩子们也好好学习，天天向上，争做升旗手。

"老师，你做过升旗手吗？"吴梦涵问。

"做过。"

"什么感觉？"许晨晨一双眼睛亮亮的。

"很骄傲！很自豪！这种感觉太难描述了，你们要自己当了才能深刻体会到。"

"那老师，你在国旗下讲过话吗？"许立岩问。

"讲过。"

"你讲的什么啊？"许晨晨对方玲蓉的一切都那么好奇。

"我说，我的理想是做一名老师，我要为我的理想而努力！"

"哇——"台下的小孩有惊讶，有羡慕，有欣喜。玲蓉并没有虚构，就像前面说的，她和喜爱的作家刘慈欣笔下的"三体人"有一拼，最不擅长的便是撒谎了。

"敬爱的老师，亲爱的同学，早上好，我是二（1）班的方玲蓉，今天我国旗下讲话的题目是《我的理想》。我的理想是做一名教师……"

回忆如同潮水般袭来，她仿佛看到那个小小的方玲蓉站在小小的操场上，对着小小的伙伴们，发出大大的声音——

"我的理想是做一名教师！"

为什么？为什么那么想做老师呢？

玲蓉带着问号离开操场，继续走在校园里。校园像个小花园，到处都有各种各样的树木，有的绿色常青，有的叶子已经落光了，但来年一定还是生机勃勃，因为校园是最有欢笑最有活力的地方。

"哇！"玲蓉惊喜地轻喊道！那棵大榕树还在。玲蓉记得它，因为以前新桥小学和新桥幼儿园是连在一起的，中间被一个圆形拱门隔开。门旁就是这棵榕树，周围有一圈石凳。玲蓉小时候会坐在石凳上等爸爸妈妈来接，会和小朋友们在树下玩"老鹰抓小鸡"的游戏。炎炎夏日，大树犹如一把巨大的绿伞帮助孩子挡住猛烈的阳光，"前人栽树，后人乘凉"讲的就是这个道理吧。

有了这棵树的参照，那这幢教学楼的位置应该便是以前的幼儿园了。中班还是大班，老师从每个班上挑选了一些女生跳儿童舞，名字记不得了，不过剧情大概是清晨，鸭子们从睡梦中醒来，然后养鸭的人赶着鸭子往前走，是个非常活泼的舞蹈。玲蓉演的是一只鸭子，是鸭子队伍中的第一个鸭子，是鸭子队长。鸭子的动作说难不难，说简单可一堆人学了半天也不会。玲蓉很快就学会了，弯下腰，身子向前倾，屈膝，左右手掌放平，五指并拢朝外，随着音乐，手臂伸向两旁，并左边扭一下屁股，右边扭一下屁股，恍若唐老鸭走路。有的小朋友手脚不同步，有的小朋友屁股扭不起来。老师便说："方玲蓉，你做小老师教他们吧。"小玲蓉听了点点头，认认真真教起来，亲自示范，动作做了一遍又一遍，嗓子喊了一遍又一遍，很快学生就学会了。老师把玲蓉喊过去，夸奖道："玲蓉，你真棒！以后可以做老师哦。"小玲蓉听了，开心地笑了。

这应该就是理想的种子吧。

能帮助别人，心里涌出一种暖暖的、热热的感觉，现在玲蓉觉得这种感觉可能是成就感，可能叫作被认同，也可能就是灵魂所渴望的一束光，让生命有了意义。

所以想做老师！对她而言，老师并不只是一份单纯的工作、赚钱谋生的工具，是她的理想、她的信仰啊！

可现在她遇到了很多困难，一茬接着一茬，难道因为这些拦路虎就要放弃从小立下的志向吗？玲蓉望着数十年过去依然葱葱茏茏的大榕树，双眸渐渐升起耀眼的神采。

11 月 13 日　15:27

岁寒，然后知松柏之后凋也！

"叔叔。"玲蓉走到门卫室，礼貌地问候。

"哎，逛好啦？"

"嗯。"

"不错吧？"

"真不错。"

"你们苏州的学校肯定更好。"

"都好，"玲蓉笑着说，"叔叔，你还记得教我和何以豪的王老师吗？"

"王老师？"

"一二年级，我们的语文老师、班主任，年纪大的，王璐老师。"

"哦哦，记得记得。"

"你知道她家住在哪里吗？我想去看她。"

"你算问对人了，她住在我儿子家旁边，上次我儿子还跟我说起的。"

"哦哦。"

"你等等，我让何以豪送你去。"

"啊，这怎么好意思呢！"

"没事，今天周六，他正好休息。"

"没关系的，我一个人可以的。"

"你一个女孩子家，在外面，我都不放心，我儿子现在是警察，有他送你，安全的。"

"哦，警察，不错啊。"虽然玲蓉和何以豪小学六年都在一个班，但后来初中、高中都不同校，玲蓉只记得何以豪比较内向，其他就一点印象都没有了，她甚至都想不起他的样子。

"你们很久没有见面了，对不对？"

"嗯。"玲蓉点点头。

"小时候同学六年啊，"何爸爸相当热情，"以后可以多联系。"

"好的。"玲蓉礼貌地笑笑。

"哎，你看，来了来了。"

玲蓉转过头，看见一辆黑色的汽车开到她身边，一个瘦高个子男生从车上下来。

"爸——"男孩子喊道。

"哎，阿豪，方玲蓉，还认识吗？"

"方玲蓉？"男孩子试探性地问。

"嗯，何以豪。"来都来了，玲蓉索性大大方方地回应道。

"阿豪，方玲蓉想去看王老师，你带她去吧。"

"好，"何以豪想也没想，立马答应，然后温文尔雅地对玲蓉说："王老师家和我家是一个小区，我们一起去？"

"嗯，谢谢你。"玲蓉边坐进车的后排，边向何叔叔摆手，"谢谢何叔叔，我走了，再见！"

"再见！再见！"何叔叔也一边摇手，一边嘱咐儿子，"路上开车小心，要好好照顾人家姑娘。"

"知道了，爸爸。"

见何以豪坐到驾驶位，玲蓉又朝他笑了笑："真麻烦你了，休息日还要出来。"

"没关系。"何以豪相貌虽然没有顾冉那么出众，但也不错。板寸头，浓眉大眼，身子英挺，小麦色的皮肤挺让人有安全感的。

"的确很像一个警察，"玲蓉在心里想，"没想到，那个内向的一直觉得很弱的何以豪竟然做了警察？"她这样想着，嘴角便浮起一丝微笑。

"听我爸说，你在苏州做老师。"

"是的。"

"真厉害！"

"哪有，你做警察，才厉害呢？"

"厉害啥？"

"保护我们这些老百姓呀！"

"职责所在。对了，你去找王老师有事吗？"

"自从小学毕业，就没再看望过王老师，她是我们的启蒙老师，真惭愧呀。"

"不过王老师一直记得你。"

"真的？"

"你是她的语文课代表呀！"

"对哦。"

"我和她在小区里遇到聊天的时候，她还会说到你，问你现在在干什么？"

"你这么说我更惭愧了。"

"如果她知道你也做了老师，肯定会非常开心的。"

"嗯，"玲蓉一直记得王老师，矮矮的个子，头发花白，王老师教他们的时候已经四十多了，等玲蓉初中毕业，王老师便退休了。王老师是老教师，却从不倚老卖老，她兢兢业业上好每一节课，教好每一个学生。每天第一个来教室的是王老师，最后一个走的也是她，虽然以后玲蓉遇到过很多老师，但她心中的敬业排行榜的第一名永远是王老师。"呀，我没买东西，空手去不好的。"

"没关系，你人到了，王老师就会开心的。"

"不行，何以豪，你们小区附近有没有超市？"

"旁边就有。"

"那我们先去买点东西，好吗？"

　　"好！"何以豪说完又补了一句，"听你的。"

　　方玲蓉和何以豪拎着水果、肉松、麦片、饼干，来到王老师家门前。何以豪准备按门铃，玲蓉见了，忙说："等一等，我紧张。"

　　何以豪笑着说："那你深吸一口气。"

　　"好。"说完玲蓉果然吸气、吐气。

　　"现在可以了吗？"

　　"OK！"

　　何以豪按响门铃，门打开了。

　　"谁呀？"是个扎着马尾辫的小女孩。

　　"我们找王老师。"何以豪说。

　　"奶奶，有人找。"

　　"谁呀？"熟悉的声音，虽然更沙哑了些；熟悉的身影，虽然更苍老了些。见到迎面走来的王老师，方玲蓉立马绷不住了，她吸了吸鼻子，喊道："王老师！"

　　"何以豪，这是？"

　　何以豪笑着没说话。

　　"方玲蓉？""我是方玲蓉。"王老师和方玲蓉异口同声道。

　　"快进来，快进来。"王老师喜笑颜开道。

　　何以豪和玲蓉拎着东西进门，"老师，要换鞋吗？"玲蓉问。

　　"不用，不用，没那么多讲究。"

　　"老师，这是我们的一点心意，您收下。"说着玲蓉把买的东西放在桌子上。

　　"来就来了，怎么还买东西，你们这些孩子啊！"王老师笑得合不拢嘴，"要喝什么吗？冰箱里有雪碧、橙汁。"

　　"不用，不用，老师您别客气。"玲蓉连忙摆摆手。

　　"哎呀，一转眼都这么大了，大姑娘了。"王老师看着方玲蓉，一脸慈祥，"大学毕业了？"

"是的，今年毕业的。"

"在哪里上的大学？"

"苏州。"

"哦，苏州啊，好地方。那现在，在苏州工作？"

"嗯。"玲蓉点点头。

"做什么呀？"

"老师。"

"什么？"王老师没听明白。

方玲蓉望着老师，认真地说道："和您一样，小学语文老师。"

王老师愣住了，过了一会儿，缓缓地说道："好！好！"

一老一少就这样深情地对望着，王老师又开口道："你实现了你的理想，好啊。"

玲蓉脸红红的，她忽然感受到"教师"这两个字的重量，爸爸妈妈，还有已经过世的奶奶、王老师，说不定还有其他人，他们在经营着自己一生同时还记得，"老师"对玲蓉的非凡意义。

何其有幸，她有这样的亲人、恩师、知己！

"双休回来看父母？"王老师问。

"不是的，我没和他们说。"

"哦？"

玲蓉真诚地看着老师，说："我回来想看看母校，看看您。"

"新桥小学啊，你上大学的时候被合并了，现在叫作三水实验小学平河分部，你去看过了吗？"

"去了，去了，好漂亮。"

"政府对教育一直都很重视的，有你们学校漂亮吗？"

"都漂亮，"玲蓉笑着说，"老师，什么时候我带你去苏州，看我的学校。"

"好！好！"

"对了，老师，我有一些困惑。"

"什么困惑，你说。"

玲蓉把最近遇到的事情简单和王老师讲了讲，关于怎样和家长、学生相处，她想请教她的启蒙老师——王老师。

"玲蓉啊，你还记得吴涛吗？"

"吴涛？"玲蓉努力回忆，"哦，那个全班倒数第一，总是打架的男生。"

"嗯。"王老师点点头。

"你还记得吗？一年级教拼音，怎么教他都教不会。"

"我记得，他当时学什么都学不好，不过他语文一直及格的，我们班语文没有不及格的人。"

"那是我花了多少心思啊！他不会我就一遍一遍地重复，字不会写，我就手把手教，我跟他说，你是个小男子汉，怎么可能不会，你一定可以的，老师陪你。现在的生活色彩缤纷，我们那个时候没有手机，没有网络，很清苦，我就一门心思教书，和你们上课我觉得特有意思。"

"学生调皮也有意思吗？"何以豪好奇地问。

"当然有意思，你要想着和他们斗智斗勇啊！"王老师一笑，瞬间像年轻了几岁，"要教育他们遵守纪律，尊敬师长，友爱他人，同时又不能伤他们的自尊。那个时候啊，我每天都在想，怎么办？小恩小惠是没有用的，骗不了他们，还是要告诉他们做人的道理，可是吴涛根本不听啊，你跟他讲道理，他就犯困。后来我发现，哎，他喜欢下五子棋，我就和他下五子棋，把一些道理在下棋的过程中潜移默化地告诉他。他真听懂了，我还跟他说，五子棋虽然好玩，但象棋更好玩，你要不要下？你猜他说什么？"

"肯定要下的。"玲蓉接话道。

"是啊，"王老师继续回忆道，"那我就对他说，要玩象棋可以的，但你先要把象棋里的所有棋子都认识，用拼音写出来。"

"哇，老师，这招高啊！"玲蓉非常佩服。

"我一直觉得，语文教学要和孩子们的生活结合起来，不能照本宣科，生活是最好的教材。"

"我也同意！"玲蓉点头道。

"然后教下棋了，要学口诀嘛，继续借此机会让他练习拼音。所有的课啊，上课认真听，不单单是我语文课，下课不打架，我才教他下棋，不然下棋的机会就扣一次。象棋本来就博大精深，我一直跟他讲，要沉着冷静，一步错，步步错，成才先成人啊！"

"现在吴涛怎样？"

"高中没考上，去当兵了。"

"啊？"

"你是不是觉得每个人都能考上大学，是不是上了大学才是有出息的。"

"嗯……"玲蓉心里有这样的想法。

"我当然希望我的学生都能考上大学，211，985，读博读研，但每个人都是不同的，有些人哪怕拼了命他也考不上大学，那这些人就是没用的吗？不，每个人都有自己的那条路，他找到那条路了，在那条路上努力了，他也可以有所作为。吴涛前不久还给我打电话，他在军队里过得很好。玲蓉，他像不像象棋里的'兵'，你们觉得不起眼，但只要过江，就有可能一鸣惊人。"

"是的，老师，我狭隘了。"

"不过有所作为的前提是他首先是个人，是个明是非，知荣辱，知法懂法，不会做坏事的人，否则……"

"立德树人。"玲蓉一字一顿地说道。

"和吴涛爸爸沟通也不是一帆风顺的。"

"吴涛好像是单亲家庭。"何以豪说。

"是的，从小就没有妈，父亲杀猪的，没什么文化。也不是说他爸爸不关心他学习，只是上有小，下有老，连吃饭都成问题的时候，就顾不上孩子，有吃有穿已经很不错了。作为老师，我体谅他，但也不能不闻不问。"

"老师，你是怎么做的？"

"我也要买肉的，每次买肉时聊一聊。吴涛一旦有了什么问题，我可是要'告状'的。"

"告状？家长会不会嫌烦？"

"那要看你怎么'告状'。先说说进步的地方，每个孩子都有闪光点的，玲蓉，你要善于发现。然后提问题，重要的是要让家长觉得，你是站在他孩子的角度，发自肺腑地担心，而不单纯为了自己的工作。"

"老师，我不太明白。"玲蓉脸上露出疑惑的神情。

"我教的第二届学生，我记得相当清楚，有个男孩，成绩不太好，家里也不管，五年级的时候竟然偷偷摸摸带香烟来，还在厕所里抽。班里好几个学生，男孩女孩都跑到办公室告状，说某某抽烟啦。轰动的嘞，整个办公室老师都知道了，那个年代啊，这样的事情既少见又恶劣，校长也知道了，说一定要开大会批评，要处分。我没答应。"

"老师，你好猛！"何以豪竖起大拇指。

"我当时还是小姑娘，二十几岁，也不知道哪里来的勇气，我就是觉得如果现在给他处分，他可能这一辈子就完了。"

"那老师，你是怎么做的呢？"

"教育啊，把那个男孩子喊到办公室，告诉他问题的严重性，问他原因，帮他分析。那时候没有电脑，也不能复印资料，我就去大街上的图书馆，找抽烟有害健康的书，和他一起看，画那个抽烟的肺。"

"额——那个肺，好恶心。"玲蓉撇撇嘴，忽然意识到身旁有男士，忙歪着头问，"何以豪，你抽烟吗？"

被突然点名的何以豪赶紧摆摆手："不抽的，我不抽的。"

"不抽好，抽烟有害健康，不抽烟的男人都是好男人。"玲蓉咧嘴笑着说，"老师，后来呢？"

"光和他说没用，我还在班里讲，当然在班里讲的重点除了抽烟问题，还有，人犯了错，是不是就无可救药呢？人非圣贤，孰能无过。犯了错，我们一起帮助他，改正错误就是一种进步。我希望我的班级是一个团结有爱的班级，犯错并不可怕，屡教不改，知错仍犯才可怕；漠视、诋毁、效仿更可怕。你说是不是？"

"是的。"

"你们有没有发现，现在社会上越来越多人喜欢站在道德的制高点看待教师这份职业。"

"是呀，"何以豪说，"别的职业工作累了，休息一会儿没关系，但老师中午累了趴在办公桌上被拍到放到网上就会遭受一水的唾沫星子。这不公平。"

"世界上没有绝对的公平。"玲蓉淡淡地说。

"因为教师是天底下最光辉的职业，教师从古至今，就带有一份神性。这份神性要求你得有更多的包容、更强的担当、更意想不到的放弃。玲蓉，你可能现在还不太明白我说的，如果多教几年，保持你对三尺讲台的热爱，你一定能领会的。"

"嗯。"玲蓉点点头。的确，老师说的神性，她听得似懂非懂，就仿佛眼前有一团金色的光圈，她好像抓住了，又两手空空，但有温度的触感分明在告诉她，她没有迷茫，她的大脑一直在思考。

"教育学生的同时，我也联系男孩子爸爸。我跟他好好分析事情的严重性，分析孩子在哪里学会的，怎么拿到烟的。告诉家长如果还不管，那以后还会学到什么？又怎么达到自己的目的？在该学知识的年纪，把所有的心思都花在这些事情上，能学到真正的本领吗？将来不上学了，没有学识没有本事，又染了一身恶习，身边一圈狐朋狗友，想学好都难啊！"

"老师，你分析得真有道理，"玲蓉仔细品味王老师的话，"所有的沟通都是站在学生的角度去思考的，家长听起来，一定会深有感触。"

"玲蓉，你现在明白了吗？"王老师看着玲蓉，就像看她一手拉扯大的孩子那般慈祥，"不管对学生还是对家长，真诚是永远的法宝。"

这句话记得姚老师也说过，在她刚刚接手 1 班的时候。词语总是抽象的，有那么多人成天明里暗里宣扬道，他们多么真诚，多么值得被相信，"捧着一颗心来，不带半根草去"。可落实到行动上了吗？经得起推敲吗？真正无私无畏吗？王老师的话给了玲蓉更多具象的启发，犹如一把钥匙开启了玲蓉意识深处斑斓、饱满的内心大门。

夕阳西落，要和王老师说再见了。漫步在小区的路上，学生和老师的影子被纽扣般橙红的落日拉长、靠近，分外和谐。

走到何以豪的车旁，王老师还有几句话："玲蓉，今天真的谢谢你来看我。你知道吗？没有多少人来看我的，我十几岁就教书了，教了近四十年，那么多学生，你说真正记得我这个小学老师的，能有几个啊！玲蓉，这就是现实。但我们是为了让别人记住才教书的吗？有人记住当然好，没人记住就觉得委屈，不干了吗？虽然他们记不住我，但我记得住所有我教的学生的名字，因为教他们的时候，每个人我都用心了。玲蓉，哪一天我不在了，我眼睛能闭上。"

极其朴素的话语，却深深震撼了玲蓉。王老师睿智而无比温情的目光像一股强大的暖流，激化了玲蓉心头结出的叠叠冰层，使她生出了万丈豪情。她不由想起《钢铁是怎样炼成的》当中主人公保尔说的那段话："人最宝贵的东西是生命，生命属于人只有一次，人的一生应当这样度过：当他回首往事的时候，他不因虚度年华而悔恨，也不因碌碌无为而羞愧。在他临死的时候，他能够这样说：我的整个生命和全部精力，都献给了世界上最壮丽的事业——为人类的解放而斗争。"

"老师——"玲蓉情不自禁地抱住老师，泪珠在眼眶里打转，这不再是伤心、憋屈、愤恨的泪水，而是感动、释怀的信号。

"好好干！"王老师拍拍玲蓉的肩，"你的梦想之旅才刚刚起航，后面的路还很长很长。你会遇到更多的困难，但不止有坏的东西，也有好的东西，对不对？"

"嗯嗯……"玲蓉使劲点点头。

"那我们就把困难打败，或者把坏的东西变成好的东西！不到最后一刻，谁知道输赢呢？你那么喜欢做老师，一定可以的。"

"对啊，玲蓉，你一定会是一个好老师。"何以豪看到此情此景，也很感动，有那么一个瞬间，他甚至想抱住玲蓉，不，想什么呀，他应该想和老师、玲蓉拥抱在一起，对，是这样的想法，何以豪暗忖着，目光却一直停留在玲蓉无限生动的脸庞上。

"老师，再见！我会常来看你的。"

"有事手机上说，不要跑来跑去，安心在苏州上班。"

"嗯，再见！"

"再见！"

车开出小区一会儿了，坐在后排的玲蓉整个人还沉浸在老师的一言一行中——

"教师是有神性的。"

"真诚是永远的法宝。"

"我记得住所有我教的学生的名字，因为教他们的时候，每个人我都用心了，玲蓉。哪一天我不在了，我眼睛能闭上。"

……

"玲蓉，天晚了，要不要一起吃晚饭？"

"不了，何以豪，我还没订住的地方，你知道哪家旅馆合适些？"

"哦，步行街有一家很不错。"

"哦，"玲蓉想了想，又问，"贵吗？不要太贵的。"

"我有卡，可以打折，打完折比在网上订还便宜。"

"这样啊，可以的。"

"而且那家旅馆和新华书店在一幢楼，你肯定喜欢。"

"那不错哦，"玲蓉笑道，"哎，你怎么知道我喜欢书店？"

"上五年级的时候，我们同桌过，你不记得吗？"

"我记得小学六年，我们经常同桌。"

"是啊，老师们都喜欢两周换一次座位，座位都不愿意固定下来。"

"可能是新桥小学老师的风格吧。"

"那个时候，你读了《红楼梦》，还和前排的女生，叫什么名字的啊，我忘了，就是和那几个女孩子一有空就拿着笔记本写《红楼梦续》呢，什么投胎再转世啊……"

"啊，你不要讲了……"玲蓉羞赧地说，"黑历史啊。"

"那我们先去新华大厦订房间。"

"好的，谢谢。"

订好房间，何以豪问："有没有什么想吃的？我请客。"玲蓉表示简单点，就吃碗牛肉面吧，吃完她想去书店看看。何以豪点点头，玲蓉并没有察觉到他脸上的落寞之色。

"我记得以前的新华书店没有这么大啊，现在有四层？"玲蓉走进书店，嘴角弯弯，一脸惊讶。

"1楼到4楼新华书店，6楼到13楼就是我们刚刚订的新华大酒店。"

"惭愧惭愧，我都不知道。我上大三之后，回家的次数就少了，过年、放暑假，要么基本待在家里，要么早早地回学校了。

今年这是第一次回来。"

"那你以后可要经常回来，看看家乡，看看我们。"

"好呀。"

"玲蓉，我加一下你的微信吧。"

"好。"

"以后我们常联系。"何以豪语气很诚恳，又带点小心翼翼的试探。

玲蓉没有听出面前男孩子言语中的意味，她很感谢何以豪一整天的帮助和陪伴，便愉快地答应道："好呀，常联系。"

书店最不缺的便是书了，玲蓉看到摆在显眼处的是东野圭吾的《透明的螺旋》，忽然一个人的身影便浮现在眼前：蓄着短发，光洁白皙的脸庞，透着棱角分明的冷峻；乌黑深邃的眼眸，泛着迷人的色泽，薄薄的嘴唇下有颗小小的黑痣，一张一开间，仿佛能绽放出蛊惑人心的花蕾，还有他的怀抱，温暖如春。

"你想买这本书？"何以豪看着发愣的玲蓉问。

"《透明的螺旋》，我在苏州买了。"

"哦，我说的是这本——"何以豪指了指，"刘慈欣的。"

玲蓉定睛一瞧："《乡村教师》。"

"嗯，你喜欢刘慈欣的书吗？"

"挺喜欢的，我看过《三体》。"

"我也看过，太好看了。"

"大刘的想象力，绝。"

"这本也不错。"

"嗯。"玲蓉听了，点点头，手机在响，她低头一看，是顾冉的微信：

顾冉：方老师，在吗？

方玲蓉：在。

顾冉：方老师，我现在在南京。

方玲蓉：你怎么去南京了呢？

顾冉：周五、周六被医院派到南京学习了。

方玲蓉：学无止境啊。

顾冉：学海无涯苦作舟。

方玲蓉：吃得苦中苦，方为人上人。

顾冉：人上人，可不是我的目标。

方玲蓉：那你的目标是什么？

顾冉：但得一人心，白首莫相离。

方玲蓉皱眉看着顾冉的消息，脸上一半小女生的害羞，一半大人的莫名其妙："他在说啥？是暗示吗，还是喝醉了呢？"玲蓉哭笑不得地想。

身为警察的何以豪有着不同常人的观察力，他敏锐地发现，身旁玲蓉的注意力已经不在琳琅满目的书上了。"还要逛吗？"他问。

"不了，"玲蓉说得很干脆，"我订了明早的大巴。"

"这么早，"何以豪有些失望，"苏州很近的，明天下午回去也来得及。"

"明天回去还要备课，不然我周一上课就要开天窗了。"

"当老师真不容易。"

"你做警察就容易啦？"玲蓉笑着反问。

"也不容易的，"何以豪感觉自己不能直视玲蓉了，因为她的笑容太阳光，阳光会晃眼，"我明早送你去。"

"不用啊，我自己坐公交车就行了。"

"公交车你知道坐几路吗？万一等来等去来不及呢？你已经对三水不熟悉了，方老师。"

"别别，你别叫我方老师，肉麻。"

如果何以豪单位里的人看到他现在笑眯眯的样子，肯定会惊掉下巴，一向沉默寡言的小伙子"铁树开花"呢？

"那我明早8点来接你？"何以豪展现出自己犹如网络小说中霸道总裁的一面。

"好的。"玲蓉点点头。

"你几点的票？"

"9:15。"

"那来得及，我们先去吃早茶。"

"简单吃一吃吧。明天周日，我怕要等，来不及。"

"唉，我本来还想带你去一家很有名的早茶店，不过他们家肯定要等的。"

"三水早茶店，遍地都是，随便找家吃吃。"

"好的。"

"那说定了，我明天来接你。"

"嗯嗯，谢谢你，何以豪。"

玲蓉回到房间，一天走来走去，还经历了精神的洗礼，她太累了，鞋子一脱，便把自己扔到床上。

玲蓉闭着眼，脑子越来越清明，心跳也不沉重了。"嗡——"手机在振动，是顾冉的电话。

他给她打电话了，玲蓉一下子坐正，有些紧张又有些期盼地接起了电话。

"喂——"顾冉带着磁性的声音传进玲蓉的耳朵，"方老师。"

"嗯。"玲蓉的脸不自觉地红了。

"在干吗？"

"休息，刚刚在书店的，所以回信息回慢了。"玲蓉边说边奇怪自己为什么要解释。

"买书呢？"

"准备买的，但我想起来我在苏州的书店充值了，卡里面还有钱，我可以回苏州买。"

"什么书啊？"

"刘慈欣的《乡村教师》。"

"哦，这本书值得一看。"

"嗯。"

"方老师，"顾冉开口打破了短暂的沉默，"我明天 11 点到苏州。"

"哎，和我差不多。"

"什么意思？"

"我在老家，明天 9 点多的大巴，11 点多到苏州。"

"你在老家？"

"嗯。"

"所以你朋友圈发的'树'是？"

"我小学的树，"玲蓉想到那把郁郁葱葱的"大伞"，忽然从肚子到胸腔再到喉管直抵嘴巴涌上好多好多话，她一股脑都说出来，"那棵树很老很老了，这么多年，它遇到多少狂风暴雨，多少烈阳大雪，还有调皮小孩子的不爱护，但它依然那样生机勃勃，太令人钦佩了，树如此，人何为？"

"方老师，这棵树一定很高兴有你这样的知己。"

"顾冉，你知道吗？我还去看了我小学老师……"玲蓉开始絮絮叨叨地讲起来，当然省略了"何以豪"的部分，毕竟她觉得在一个男人面前提另一个男人的名字有点奇怪。

"方老师，看来你经历了一场心灵之旅啊！"

"我是不是话太多了。"玲蓉后知后觉，这才发现她跟顾冉说了太多太多话了，20 分钟，30 分钟，天啊，又不是自己爸妈，也不是男朋友，他怎么受得了的？

"不啊，"顾冉嘴角上浮，"方老师，我听过一句话，分享欲是达成亲密关系的第一步。"

"哦——"玲蓉觉得自己幻听了吗？他想表达什么？是在开欢笑吧。这漫不经心的语气，"谢谢你听我讲话。几点了？很晚了吧。"

"嗯，早些休息吧。"

"好的，你也是。"

"对了，方老师，我到苏州后等你，我们一起吃中饭吧。"

"好，"汽车站旁边就是火车站，"吃啥？"

"还记得上次我说的米线店吗？"

"哦。"

"怎么呢？"

"那个地方离我住的地方太远了，我转地铁也要一两个小时，我明天下午还要回去备课。"

"方老师，这么用功。"

"我现在想通了很多事，我会加油的。"

"没关系，我车停在火车站的地下停车场，到时我开车送你回去。"

"哇，你好英明啊！"

"哈——"顾冉欢乐地笑了，"得到老师的表扬很开心。"

"那就挂掉电话去做美梦吧。"

"晚安，方老师。"

"晚安，好梦！"

做梦前，玲蓉在朋友圈发下一条微信——

11 月 14 日　12:51

热爱可抵岁月漫长！

第十三章　迎新合唱比赛

11 月 14 日　9:20

（私密）记这一趟回家的心灵奇旅。

天大好，晴空万里，万里无云。

方玲蓉要上车了，何以豪从包里掏出一本书递给她。

"这是……"玲蓉疑惑地问。

"刘慈欣的《乡村教师》，送你的。"男孩子腼腆的样子，让玲蓉想到了小学时候的他，少言寡语，默默低头学习，下课也不像其他男孩那般跑来跑去，拘谨但却正直。

"谢谢你，"玲蓉微笑着接过来，"说实话，何以豪，你当警察我真的没想到。"

"那你觉得我应该做什么？"

"老师……"玲蓉眨眨眼，摇摇头，"不对，你应该当教授。"

"为什么？"何以豪一脸好奇。

"我记得你上学时成绩很好啊。"

"没你好。"

"而且，教授都很深沉的。"

"我深沉？"

"哎呀，"玲蓉害怕何以豪多想，"我觉得你现在当警察挺好的，坚守正义保家卫民。"

"你别夸我了，"何以豪耳朵红通通的，"玲蓉，这本书非常好看，你一定要看。”

“嗯。”玲蓉拿着被塑封包裹得严严实实的书上车。

“再见！”何以豪又指指手机，好像在说，微信常联系。

“再见！”方玲蓉感谢地朝他挥挥手。

再次踏入姑苏，一切恍如昨日却又恍若隔世。玲蓉刚下车，便听到顾冉的声音。

“方老师。”

大庭广众下被喊老师，玲蓉有些害羞，她快步走向英俊的男子。

“谢谢你接我。”

“不客气。”顾冉打开车门，看到玲蓉径直走向后座，他想了想，说，“方老师，要么你坐在前面。”

“嗯？”玲蓉有些不解。

“你对我车技没有信心吗？”

“不是，”玲蓉摇摇头，“我只是习惯性坐后面。”

“我等下可能要买东西放到后面，要不你坐前面吧。”

“好的。”玲蓉钻进副驾驶座，顾冉就在她身旁，狭小的空间，淡淡的汽车香水味，玲蓉有些不自在，她战术性地点开手机。一路上两人都没说什么，沉默着也静好着。

“到了，”顾冉说，“你先下去，我去停车，这里不好停。”

玲蓉下车，少顷，顾冉跑来。

“我们进去吧，”顾冉说，“这家云南米线很好吃。”

“相信你的推荐。”玲蓉一脸灿烂的笑容。

他们开始点餐，吃饭，开心地聊天。玲蓉问顾冉去南京学习，学到了什么。顾冉便开始举例子，毕竟那些内容都很专业，如果照搬着讲，估计玲蓉的注意力只会集中在美味的米线上了。

吃完饭，他们又逛了一会儿街。可不是玲蓉见到顾冉就忘记回家备课，而是顾冉的车停得很远，走过去路过奶茶店、炸鸡店、全家便利店……顾冉给玲蓉又买了好多吃的。玲蓉想付钱，但顾冉不让，他说："下次你请我。"

"好的，那下次一定是我买单。"

还要下次啊，是的，还有下下次，下下下次……两个人的内心都挺期待的。

顾冉开车又快又稳，两点左右就到了玲蓉住的房子。

"方老师，送你一样东西。"顾冉从包里拿出刘慈欣的《乡村教师》递给玲蓉。

"《乡村教师》？"

"你昨天说的，正好高铁站书店里有这本书，我就买了。"

"谢谢啊。"玲蓉迟疑了一下，毕竟包里已经有一本了，但不接会不会让顾冉尴尬，你看你电话里随口提到的，他都放在心上，算了，先收下，哪天也买一本好书送给他吧。接过书，玲蓉忽然仰起头，明眸皓齿，俊眼修眉，巧笑倩兮，顾盼神飞，"顾冉，你想要什么？我下次买给你。"

"我……"有句话，顾冉下意识就要脱口而出了，被硬生生塞回去，"我现在还没想好。"

"那等你想好了告诉我哦。"

"嗯！"

"拜拜，我上去了。"

"拜拜。"顾冉挥挥手，心里的那句话仿佛藤蔓一般在这些天的日月交替中不断地向上攀爬着——

"我，我想要你！"

又是新的一周。

办公室里所有人都感觉到了玲蓉的变化，更积极，更阳光，更坚定，也更柔软，就像一汪春水。

　　天越来越冷，初冬了，顾冉虽然工作很忙，但一有空都会驱车来到梅山实验小学，找玲蓉一起吃晚饭。不能去太远的地方，因为玲蓉晚上还要备课，判作业，完成学校布置的各项任务。

　　玲蓉很喜欢和顾冉一起散步，吃饱喝足后，走路回她的出租屋。玲蓉放松的神态犹如一只可爱的小猫咪，她双眼弯弯的，就像春天的柳梢，沉醉在月明风清的冬夜。顾冉知道坏情绪正一点一滴地远离他身旁的女孩，不过总要找个话题开始交流吧，他不是说嘛，"分享欲是建立亲密关系的第一步"，所以每次都是顾冉先开口——

　　"方老师，最近怎样？"

　　"挺好的呀。"

　　"我也感觉方老师整个人的状态越来越好了。"

　　"我觉得以前做事情太自我了，就是做什么都觉得别人会理解的，但其实很多时候别人不明白你的用意啊，不是每个人都干教育行业。我太狭隘太封闭了。有时候就是我想得太多，要得太多，然后得不到那么多，心里就不平衡了，觉得不值得，就丧气啊失落啊。"玲蓉给了顾冉一个大大的笑脸，"对了，顾冉，我已经很久没哭了，就是从上次公开课哭之后，我就再也没有哭了。"

　　顾冉看着玲蓉满脸的笑容，没来由地心疼，"哭也没关系，你以后想哭就找我。"

　　"我才不要哭了，我已经长大了，不是小孩子了。"

　　"好好，我们方老师长大了。"顾冉的笑容充满着宠溺。

　　"方老师，最近怎样？"

　　"挺好的呀，"方玲蓉边喝奶茶边说，"我今天听了姚老师上的公开课，超棒。"

　　"一年级的公开课。"

　　"不是的，姚老师用六年级上的，上的古文——《孔子游春》。"

"我小时候好像也上过这篇课文。"

"是吗？你上的苏教版？"

"我好像上的人教版。"

"哦，我上的苏教版。说不定苏教版、人教版都有这篇课文，现在部编版也有了。"

"那这篇课文肯定很经典。"

"嗯，以前是白话文，现在是古文，唉，现在的教材太难了。"

"所以需要你们老师啊。"

"嗯，我要不断学习，否则驾驭不了部编版。'教不严，师之惰'。"

"呦，三字经都出来了。"

"不是我说，顾冉，古人真的超有智慧。你看《孔子游春》中，孔子说，河水的流淌很像君子的德行。它不择地而流，就好比君子的无私；它给流经处带来生机，就好比君子的仁慈；它在浅处流畅、于深处难测，就好比君子的智慧；它会毫不犹豫地冲下万丈深渊，就好比君子的勇毅；它绵延不绝，就好比君子的坦荡；它不拒绝污泥浊水，就好比君子的包容；它能荡涤万物，就好比君子的教化；水面平静，宛如君子般公正；九曲流转仍奔向东方，恰似君子般意志坚定。水，真君子也。"玲蓉一口气说了很多，忽然她停下，抬头望着黑漆漆的夜空，又把视线投向万家灯火的远方，分外认真地说，"顾冉，我想成为水，孔子笔下的水。"

"那我是什么呢？"

"你就变成鱼吧，我带你奔向大海。"

"方老师，最近怎样？"

"挺好的呀。"方玲想了想，问，"顾冉，你最近想看什么书？我帮你买。"

"怎么想起来给我买书呢？"

"你上次给我买了《乡村教师》啊。"

"我们之间不用那么客气。"顾冉一点也不想玲蓉这么客气，太生分了。言情小说他不是没有看过，故事里女主角不是都会朝男主撒娇说："亲爱的，我要天上的星星，你帮我摘。"如果玲蓉也愿意这样说话，即便嗲声嗲气，他也会毫不犹豫地点头答应："摘——摘——"两个多月的相处，他慢慢确定了自己的心意，他是喜欢方玲蓉的。从小到大，他从没有主动追过女生，虽然收到过很多告白，但他就像唐僧似的，非礼勿视，孤高冷傲。"顾冉，你不会有问题吧？"当得知他拒绝系花后，同宿舍的男孩调侃道。"没问题，"顾冉看着书，一脸漠然，"就是没感觉。""那什么样的女孩子，你才会有感觉呢？"顾冉没有回答，他向来是理智派的，一个人吃饭一个人漫步一个在图书馆学习，要多自由有多自由，没有约束也没有失落，更感觉不到孤独。一个人能做的事，如果两个人一起反而变得纠结、低效，受其所困，那为什么要去浪费时间和精力呢？他读过一句话："A wise man does not fall in love, but a fool is trapped by his feelings."上大学以后，他深以为然。

但他不知道，对这句话，网上还有后续的解读："智者不入爱河，愚者自甘堕落，遇你难做智者，甘愿沦为愚者。"

即便不是每个人都有出众的爱己爱人的能力，但爱是本能。

"一见钟情"的事情显然不会发生在顾冉身上，可这女孩很可爱，和他有共同语言，她无比生动的神情和极其丰富的内心都吸引着他。她随口说的那本《乡村教师》，他听入耳再也无法忘却，怎么也要买到。慢慢地，他熟悉了她的一些小习惯：喜欢喝coco家的茉香奶茶，热，半糖，加珍珠；走路不快，一拖一拖，悠悠然，像只惬意的蜗牛；对肉毫无抵抗力，虽然海鲜不能吃但可以用鼻子使劲闻一下，然后满足地朝着顾冉笑，说："挺香的，肯定好吃，你吃。""你不能吃我就不吃了。""没关系，我看着你吃。"她那些故作坚强的脆弱其实很多时候源于她总会不由自主地先考虑别人，再是自己，她对身边人总是那么友善、热情，一向自命清高的顾冉不确定，他是特殊的，还是只是她众多好友中的一人。因为无比无比珍惜，所以才会犹豫，害怕此时此刻表明心意反而推开了彼此。不过顾冉有信心，老话讲："日久见人心。"他会尊重她，爱护她，用尽他的一切奔向她。

"书好看吗？"顾冉问。

"超好看的。"谈起书，玲蓉顿时神采奕奕，眉飞色舞，"一开始我还觉得有些普通，就是一个山村里的老师在穷凶极恶的情况下依然坚守讲台，临终之际仍要求懵懂的孩子们背下他们不能理解的牛顿力学三定律。看，读到这里会不会以为这就是一个很励志的让人感慨的故事，但顾冉，我跟你说后面绝了。马上就是星球大战，外星人要毁灭低级文明了，老师的学生被他们随机选择进行测试，正好就问到了牛顿三定律，通过了文明进化程度甄别。飞向太阳系的奇点炸弹转移了方向，地球逃过一劫。"

"这么有意思。"

"是很有意思，对吧，"玲蓉想了想，继续说道，"这本书太棒了，它让我想起之前我跟你说过的，我小学老师说的那句话，'老师是有神性的'。书里的描述感人至深。外星文明开始研究人类，它们惊讶于人类这种生命体完全依靠自主进化，没有得到其他文明的培植和帮助，没有记忆遗传，所有的记忆都是靠后天取得的，交流只能依靠每秒传递 1～10 比特率信息的声波，可在如此低效率的知识传递下竟能创造出伟大的文明。他们发现了一个分布于世界各个角落，专门负责在两代人之间传递知识的群体，就是——教师。"

"我一直觉得，老师非常了不起。"

"嗯，"玲蓉看向顾冉，双眼亮得出奇，"老师非常非常崇高！所以说，站在三尺讲台，我们的目光可以放得更远点，更远点，远到时光的长河，远到不用计较个人的得失，其实老师在做的是奠基地球文明的事情啊！"

玲蓉仰起头，浩瀚的夜空像墨染的名画展现在她面前。城市里没有星星，但不妨碍她去遐想：数以万计的教师让文明薪火相传，无论是在繁华的都市还是在蒙昧的乡村，他们充当着媒介，连接古今中外，连接稚子与科学，传道授业解惑。尽管凡人之躯是如此的羸弱，会受挫，会围于柴米油盐，会被误解乃至于攻击，但教师没有消亡，他们犹如春蚕吐出的一根细丝，拉动着历史的滚滚车轮，越过孔子望水的春秋，越过苏格拉底伫立的雅典神庙，越过瓦特发明的蒸汽机，越过冯·诺依曼敲击的电脑……日日夜夜，永不停歇。

顾冉望着身旁的玲蓉，月光下的她好生奇特，五官是柔和，神情却分外坚定。他的心中突然生出强烈的渴望，他多么希望和玲蓉一起看这本《乡村教师》，看到精彩的地方，他们会相视一笑，你一言我一语地畅谈，感性的玲蓉可能会流泪，他则将心爱的女子拥入怀中，窗外或是晨光熹微或是午后暖阳或是漫天星辰或是大雨滂沱，或是寒来暑往四序迁流，这般憧憬中，他深深地感到两个人在一起，和方玲蓉在一起，一朝一暮，一箪一瓢，一蔬一饭，一饮一啄，莫非前定，无恙美好！

12 月 16 日　22:18
满船清梦压星河，好梦！

郝晓佳：晚安，好梦！
顾冉：好梦！

　　姚老师：早点睡哦，好梦！

　　何以豪：晚安，好梦！

　　"玲蓉，合唱比赛准备得怎样了？"郝晓佳蹦到方玲蓉面前问。

　　"正在进行中。"玲蓉边批作业边说。

　　"你们班唱什么歌啊？"

　　"我让他们自己选的。"

　　"他们自己会选？"晓佳一脸惊讶。

　　"晓佳，你不知道，他们简直就是中华小曲库。"玲蓉把红笔放下，抬头道，"什么《孤勇者》《小城夏天》《踏山河》《燕无歇》《给你一瓶魔法药水》……他们都知道。"

　　"都是刷抖音刷的吧。"

　　"可能，"玲蓉点点头，"不行，我还是要在群里提醒一下，关注学生刷手机情况。"

　　"要说吗？会不会家长嫌我们老师烦啊，你看我们每天在钉钉群里发多少消息，一会儿一个统计，一会儿一个填表，还有各种各样的链接，如果我是家长，我肯定嫌烦，特别嫌班主任烦。"晓佳在玲蓉面前，向来快人快语。

　　"佳，我已经不是以前的玲蓉了，不会因为被家长议论、投诉就畏缩，我坚持的事情我会干下去的。"玲蓉注视着晓佳，认真地说。这段时间，关于工作方面的事她俩没怎么聊。一方面众所皆知，郝晓佳谈恋爱了，并且一丝不苟地履行着玲蓉之前对她的评价——"见色忘友"，休息时人影都看不到，不用说又和于楠甜蜜蜜去了；另一方面，上次公开课同期的晓佳被夸奖，玲蓉却被批评，你说这事对她们之间的关系毫无影响是不切实际的。正因为她们是很好很好的朋友，所以那份边界感的拿捏才更加谨慎和不易。

"玲蓉……"晓佳握住她的手，正反面摩挲着。

"你干吗？肉麻？"嘴上这么说着，玲蓉却没有抽手，"不过我们郝美女说的是，怎么发消息还是要想想，不能让他们觉得我在训他们。"

"你可以举个例子，"晓佳也在旁出主意，"就是不说他们的孩子，举其他人的例子。"

"好主意，"玲蓉若有所思地点点头，"我把这些话放在作业栏里，他们查看作业的时候正好可以看一下，不另占他们时间。"

"我也想这么做。"晓佳撒娇地摇摇玲蓉的手。

"那你做啊。"

"可是这样我们就一样了。"

"那又没关系。互帮互助，我的就是你的，你的也是我的。"

"嗯——"晓佳发出哆哆的声音，吓得玲蓉起了一身鸡皮疙瘩，"难道顾冉也是我的吗？"

"你——"玲蓉羞涩地果断抽掉手掌，"你不是有于楠了吗？"

"呦，舍不得。"晓佳发现逗玲蓉比逗于楠有趣多了。

"哎呀，工作时间能不能不要谈男人。"

"好好，不谈，不谈。"

"话说，你们班选的什么歌呀？"

"答案就在你刚刚唱的中华小曲库中。"

"《孤勇者》？"

"宾果，答对了。"

"《孤勇者》是小朋友心中的 NO.1。"

"那你们班呢？"

"《我怎么这么好看》。"

"什么？"郝晓佳一时脑子短路。

"大张伟，《我怎么这么好看》。"

"天啊，这首歌，"晓佳惊讶地捂住嘴，"闹腾的嘞。"

　　玲蓉想起全班唱这首歌的活泼样，嘴角情不自禁地上扬，实在太有趣太可爱了。

　　　　12 月 17 日　　9:50
　　　　分享音乐《我怎么这么好看》(大张伟)

　　　　郝晓佳：我家蓉最好看。
　　　　玲蓉回复郝晓佳：没你好看。
　　　　何以豪：大张伟的歌啊。
　　　　玲蓉回复何以豪：嗯嗯。
　　　　顾冉：方老师，好看。
　　　　郝晓佳：呦呦，我看到了什么？
　　　　玲蓉回复顾冉：没有没有，我就是分享了一首歌，这首
　　　　　　　　　　　歌很快乐。
　　　　玲蓉回复郝晓佳：闭嘴。

　　练唱时间，是"太阳（1）班"每天最快乐的时光。

　　这首《我怎么这么好看》是全票通过的歌，孩子们都很喜欢。玲蓉站在讲台，神秘一笑说："我们要不要挑战一下？"

　　"要！要！要！"孩子们并不知道老师嘴中的挑战具体指什么，便欢快地呼喊着，多么天真，或者从另一个角度说，这群孩子多么信任他们眼前的方老师。

　　唐静记得她上课尿裤子了，是方老师赶忙带她去厕所，擦拭，换裤子，没有抱怨，没有责难；

　　吴梦涵记得教师节，她投入方老师的怀抱，老师的怀抱是那么温暖，有稳稳的幸福感；

　　叶玲记得当她晚回家，面对暴跳如雷的爸爸，是方老师毅然而然挡在她身前；

李梓轩记得运动会他得奖了，方老师没有因为他在早读课上捣蛋就不夸奖他，反而抚摸着他胸前的奖牌，喜形于色："李梓轩，你是我们'太阳（1）班'的骄傲，运动是你的强项，继续加油呀！"这句话犹如一颗原子弹将他耳边回响过的另一种声音："体育好有什么用，成绩一塌糊涂以后还是扫大街"炸得粉碎；

许立岩记得，这世界上有一个老师对她说，你语文很棒，好好学，多读书，你以后可以成为作家，这是她第一次听到这样的话，说这话的老师叫作方玲蓉！

方玲蓉望着讲台下的孩子，全身都充满了动力，"我们把这首歌变成我们的歌，好不好？"

"好！"

"那我们一句一句来看，有想法的同学就举手，看看能不能把我们的生活放到这首歌里。"

一双双干净的小手高高举起，一张张活泼的嘴巴童言无忌，经过两天的努力，属于"太阳（1）班"的《我怎么这么好看》诞生了，我们一起听——

Yeah yeah yeah yeah
我让　天地　猛然　一下灿烂
服啦　服啦
我让　童年　焕然　一下斑斓
服啦　服啦
我让　空气　醉然　一下柔软
服啦　服啦
整个　地球　油然　围着我转
Yeah yeah
我让　小鸟　欣然　围着赞叹
服啦　服啦

我让　花朵　嫣然　围着摇绽

服啦　服啦

我让　鱼儿　跃然　围着追赶

服啦　服啦

好好　学习　当然　万物喜欢

Yeah yeah

我让　班级　怦然　撩起波澜

Wu wu

我让　生活　盎然　撩起梦幻

Wu wu

我让　梦想　沸然　撩起呐喊

Wu wu

哎呀　老师　来呐　怎么办

怎么办　怎么办　怎么办　怎么办

怎么办　怎么办　怎么办　怎么办

我　怎么　这么好看

哇　哇哇　Wow

哇哇哇哇哇哇　Wow

哇　哇哇　Wow

这么好看怎么办

哇　哇哇　Wow

哇哇哇哇哇哇　Wow

哇　哇哇　Wow

我　怎么　这么好看

　　欢快的旋律，动感的歌词，不用老师指示，学生唱着唱着，脸上就会自然洋溢起快乐的笑容。

　　搞定歌词，接着便是排队形，编动作，制作PPT，准备服装、

212

道具。基本上玲蓉都是利用早读、晨会、午会、班会这些时间排练，不影响老师们的上课时间。那天，数学张玥老师走过 1 班的窗外，瞧见他们在排练，所有的桌子全部被拉开，小朋友们按高矮排成五排，背对观众，音乐响起，所有学生从后往前一排一排转身，高举手中的道具"小太阳"，随着节奏晃动。唱歌的时候，从第二句开始，每两句歌词对应一排学生，他们或是摆笑脸或是犹如水波纹晃动双臂或是仿佛小鸟旋转一圈或是竖起大拇指或是把手放嘴边像在大喊，一排表演完就从两旁跑到后面去，然后下一排露脸，保证每排都有站在最前面的机会。等到第二段歌词重复，玲蓉又别出心裁，五排变成左右两个圆圈，圆圈内有人看书，有人石头剪刀布，有人"你拍一，我拍一"，最后两个圆圈合并成一个太阳的形状。中间间奏处，李梓轩、吴小山还在同学的"啪——啪——"的拍手声中秀了一段街舞。

张玥看入迷了，嘴里也跟着哼起来。等玲蓉回到办公室，她马上凑近，夸奖道："方老师，你好厉害呀！"

"啥？"玲蓉突然被夸，有点丈二和尚摸不着头脑。

"你排的那个合唱，太好看了。"

"你看到了？"

"今天你排的时候，我在门外嘞。"

"我咋不知道。"

"你太专心了。"张玥满面笑容，激动地继续说道，"这个迎新合唱比赛是我们学校的传统，我每年都看的，但很少有你这种一会儿这个队形，一会儿那个队形，看得我眼花缭乱的。"

"也没那么夸张啦，"玲蓉缓缓说出自己的想法，"我就是觉得如果从头到尾都是一种队形，或者挑几个好的学生在前面动一动，舞一舞，那后面的学生不就是背景墙吗？这样的活动对他们来说又有什么意义呢？"

"说的也是。不过那样编排省力点，毕竟有些学生你要让他和别人一起整齐做动作，太难了。哎，方，我看咱们班就很整齐啊，你怎么做的？"

"一遍一遍练呗，除此之外还有什么办法？"

"在学校哪有那么多时间，你不上课啦？"

"挤时间啊，而且他们学得挺快的。"

"我看你还让他们回家练的。"

"嗯，我拍好示范视频，让他们回家学，再让家长把他们在家练习的视频发给我。"

"家长不嫌烦吗？"

"我跟他们说清楚了呀，我要拿他们回家练习的视频做比赛背景视频的。你看，"玲蓉打开手机，"这是李梓轩妈妈发给我的，她和她儿子一起在跳了。"

"难得看她这么积极。"张玥佩服地说，"她之前那么说你，你还让李梓轩单独出来表现，方，你真是'宰相肚里能撑船'。"

玲蓉微微一笑："家长是家长，孩子是孩子，我做好自己的事就可以了，再说路遥知马力，日久见人心。"

"嗯——"一向豪爽的张玥忽然温情下来，"我感觉我被你教育了，你天生就是做班主任的料啊，我要向你学习！"

"嘿嘿……"玲蓉被她逗笑了，"看你这么好学的分儿上，要不你帮我做视频？"

"别别别！"张玥忽得蹦得老远，然后飞奔回自己座位。

虽然只是简单聊天，但玲蓉备受鼓舞，环顾四周，姚老师、杨老师、陈老师、张老师、吴老师……他们每天也是那么忙碌，课要上作业要批学生要管理，但他们仍然会看到她，看到她的努力，看到她的付出，看到她的进步，看到她的成长。

在玲蓉眼中，"看到"很重要！

所以，玲蓉也希望，她的孩子们被看到。

这一天，终于来到了！

12月31日，元旦前一天，下午1点，梅山实验小学"强国梦有我，一起向未来"迎新合唱比赛在大礼堂隆重举行。根据抽签结果，"太阳（1）班"第三个出场。

后台候场，玲蓉望着穿新衣的孩子们，微笑地问："紧张吗？"

"不紧张。"调皮的孩子们这次竟然异口同声。

"最后那一段，真的要说吗？"

"说！"孩子们很笃定。

"那你们再练练。"玲蓉决定遵从他们的意愿，"轻点，轻点，台上有人在表演呢。"

"哦哦……"孩子们点点头，黑亮黑亮的眸子泛着认真的神采。

"金色的童年，快乐的生活，在我们梅山实验小学，有这样一群小朋友，他们活泼开朗，积极向上，听，他们在唱。下面有请一（1）班带来合唱《我怎么这么好看》，大家掌声欢迎。"在主持人激昂的导语中，孩子们举着太阳道具昂首挺胸走向舞台，由许立岩指挥，快速站定位置。

音乐响起，孩子们转身，举手，笑脸，开嗓。他们蹦啊跳啊，歌声是那么嘹亮，动作是那么欢快，表情是那么自然。玲蓉从来没跟他们强调过，你们要好好表演，争第一夺冠军，她只是跟他们说，把你们喜欢的表现出来——

你们喜欢灿烂的阳光，

你们喜欢自由的小鸟，

你们喜欢跃动的鱼儿，

你们喜欢童年的伙伴，

你们喜欢少时的梦想，

你们喜欢生活的自己……

那就唱吧动吧，让别人感受到，你是那么喜欢，你——是那么好看！

一首歌很快就唱完了。许立岩拿着话筒向着礼堂里的所有观众大声问："我们怎么这么好看？"

台上所有的孩子起立，笑着说："因为我们有美丽的校园，有亲爱的伙伴，有敬爱的老师！"

"所以我们很好看。"许立岩清脆的声音犹如山林里的百灵。

"我们会越来越好看。"上一刻还整整齐齐，下一刻每个孩子都把金色的道具扔向舞台上空，然后古灵精怪地摆出自己喜欢的姿势，一同说："Yeah！"

玲蓉被眼前的这幕震撼住了，最后的诵读是早读课时许立岩的建议。她把田字格交给玲蓉，眼巴巴地看着她。

"怎么了？"

"我写了几句话，老师你看行不行？"

玲蓉打开，心中默念："不错呀。"

"可以放到我们合唱的最后吗？"

玲蓉想了想，笑着点点头："我们试试吧。"

之前从来没有练习过，玲蓉不太确定学生能不能全部记住，他们在她眼中还是那群小不点儿、小小孩。

"老师，我们试试。"李梓轩说。

"老师，我们行的。"吴小山说。这次合唱比赛，变化最大的应该就是吴小山了。歌曲中有一段不短的间奏，玲蓉想，来段街舞，场面会更火爆。于是她问："我们班谁会街舞？"

"我！"李梓轩永远一马当先。

"还有吗？"

小朋友们你看看我，我看看你。

"真的没有了吗？"

过了一会儿，一双小手举起来了。玲蓉定睛一看，是吴小山。

"那，吴小山你和李梓轩一人来一段，可以吗？"

"我是可以的。"李梓轩说。

"老师，我街舞才学了一年。"吴小山怯怯的样子，显然没有太大的自信。

"一年啦，"玲蓉微笑着，"肯定比没学的人棒呀。你要不试试？动作你自己编，老师觉得你可以的。"

"老师，我可以教吴小山。"

"嗯，李梓轩，你和吴小山相互学习，相互帮助，如果遇到什么困难，就来找我，好吗？"

吴小山看了看方玲蓉，再看看李梓轩，点点头。

过了几天，玲蓉打开钉钉，看到吴小山妈妈的留言，大致意思是，吴小山现在回家作业效率很高，因为写完作业他要练习舞蹈。之前学街舞主要是他妈妈的主意，所以小山一直不积极，现在不同了，他说他要上台表演，要为班级争光，不能跳不好。最令吴妈妈感慨的是，以前一个动作不会，就使劲哭，现在动作跳不起来，小山不会第一时间流眼泪了，而是反复练习。

"方老师，谢谢您，谢谢您让小山自信、坚强。"

"不用谢，这是我应该做的，"玲蓉继续打字，"人的成长是一个过程，我们一起努力，静待花开。"

是呀，慢慢地等待就会发现，他们是小小的人儿，但也有大大的能量，不要小看任何一个孩子，瞧，孩子们的表现不正说明了一切吗？

他们不仅一字不差地背出来诵出来了，还给玲蓉一个大大的惊喜。

下台后，许立岩一蹦一跳地问："老师，我们表现得好吗？"

"太棒了！"玲蓉由衷地称赞道，"最后那个'扔''耶'，谁想的？"

"我们呀！"孩子们涌过来，露出大大的笑脸。

"你们怎么不跟我说？"

"想给老师一个惊喜。"李梓轩咧开嘴。

"老师，惊喜吗？"许立岩问。

"还是惊吓？"不知道谁补了一句。

"哈哈哈……"所有人，学生包括老师，小孩包括大人都开怀大笑起来。

众望所归，"太阳（1）班"合唱比赛一等奖。玲蓉让许立岩去台上领奖。

"老师，你怎么不去？"身旁的许晨晨疑惑地问。

"你们唱歌，你们的功劳。"

"可是，老师你付出的最多啊。"

玲蓉一怔，她有一种无比清爽的感觉：她的小孩真的长大了。

　　　　　　　12 月 31 日　　14:00

　　　我的孩子们，你们怎么这么好看!!!

这一天，方玲蓉还巧遇了他们的正校长——梁校。梁校的名字特好听，叫梁韵，四十多岁，特级教师，个子不高，面容姣好。短发微卷着，看上去非常精神。

学校旁边的水果店，方玲蓉在挑水果。

"方老师。"

玲蓉听到后面有人喊便转过身，啊！是梁校长！"梁校好。"来学校快一个学期了，也不是第一次和大校长打交道，但在校外说话却是头回，一时间，玲蓉有些拘束。

"来买水果？"

"嗯！"

　　短暂的沉默后，玲蓉听到梁校和蔼的声音："这次合唱比赛，你们班表现不错啊！"

　　"是小朋友们给力。"

　　"我看你们班表演的时候衣服很漂亮啊，"梁校看着玲蓉，话锋一转，"我记得上次运动会的时候，你们班还对统一服装有意见的，是不是？"

　　"嗯……"玲蓉正视梁校的眼睛，经过这么多事，她再也不是那个畏畏缩缩，逃避别人目光的小女孩了，"这次我先和家长们说清楚了情况，他们都很支持。"

　　"是啊，其实有些时候可能就是因为没有沟通好才容易产生误会。"

　　"嗯嗯。"玲蓉点点头。

　　"方老师，你还年轻，做教师是一条漫漫修行路，不断磨炼自己，才能成就自己。"

　　"我明白，"玲蓉的回答很笃定，"路虽远，行之将至。"

　　"哎呀，看到你们就像看到我年轻的时候，"梁校望着眼前初出茅庐的姑娘，忽生几多感慨，"都是这么走过来的，方老师，以后有什么困难、疑惑都可以找学校。蒋校、薛校、陶校还有我，我们是干什么的？我们不就是老师和学生的大后方吗？"

　　玲蓉从来没有听过这些话，眼前的梁校既熟悉又陌生，熟悉的是她一如既往干脆利落的声音，陌生的是她的温情。她像一个大姐姐，让孤身在外的玲蓉刹那间想到一句词——

　　12 月 31 日　18:02
　　此心安处是吾乡！

　　郝晓佳：咋啦，想在苏州成家啦？
　　方玲蓉回复郝晓佳：绝对是你想成家。

郝晓佳回复方玲蓉：讨厌。

于楠回复郝晓佳：我加油！

方玲蓉回复于楠：麻烦你们一旁秀恩爱去。

郝晓佳回复方玲蓉：羡慕不？

方玲蓉回复郝晓佳：Oh，No！哪里来的酸臭味！

郝晓佳回复方玲蓉：哈哈。

何以豪：元旦回来吗？

方玲蓉回复何以豪：不了，太短了，准备寒假回来。

顾冉：苏轼的诗词文我都喜欢。

方玲蓉回复顾冉：我也是。

第十四章　新年快乐

1月5日　10:16

心之所向，身之所往，终至所归。

元旦假期结束，便是紧张的期末复习阶段，一到学期末，事情便多得出奇，各种各样的会议、总结，教案、作业检查，评优评先，学籍卡，报告书，评语……老师们恨不得把一天掰成两天用，加班、熬夜成了家常便饭。

郝晓佳惊讶于开学初还懵懂迷糊的方玲蓉现在不管教书还是干活，效率都越来越高了。她赶忙来讨经验，玲蓉拿出一个小本子，上面记录着最近要完成的事情。

"把它们记下来，完成一项打一个勾？"

玲蓉微笑不语，又翻过一页，上面有一张象限图，横轴和竖轴把要做的事情按照紧急、不紧急、重要、不重要的排列组合分成四个象限。

"这是？"晓佳的求知欲被唤醒了。

"四象限法则。"

四象限法则是时间管理理论的一个重要方法，即有重点地把主要的精力和时间集中地放在处理那些重要但不紧急的工作上，这样可以做到未雨绸缪，防患于未然。

"这怎么看也是理科生的思维。"听完玲蓉的讲解，晓佳嘀咕道。

"嗯，这是顾冉告诉我的。"

"呦呦呦，你们俩……"

"没有，没有，我们就是好朋友。"玲蓉红着脸转移话题，"我们总是说我们很累，的确是这样，但社会上也有很多很多人和我们一样辛苦劳累呀，比如会计，比如警察，比如——"

"比如医生！"晓佳抢话道。

"医生是很累的。"

"心疼你家顾冉了。"晓佳狡黠地笑。

"哎呀，我是心疼你啦。"玲蓉从脸颊到耳朵根儿都是红通通的。

"真的？"

"真的，真的，我最心疼你。"

欢笑着，打闹着，钻研着，奋斗着，一晃便到休业仪式。期终考试，"太阳（1）班"有了进步，虽然不是全年级第一第二，但整体团结和谐，特别是从合唱比赛结束后，连张玥、吴静都明显感觉到，在1班上课很顺，很舒心。

"这个班，你带着，一定会越来越好的。"张玥说道。

"这个班，你带着，以后会越来越好。"吴静说道。

"这个班，方老师带着，我们放心。"有家长私聊道。

玲蓉听了，明眸善睐，嫣然一笑。她很开心，小时候王老师还有爸爸妈妈，其他许许多多老师，在她耳边反复念叨着，依然是这个世界存在的真理——

"天道酬勤，力耕不欺。"

"一分耕耘，一分收获。"

"星光不问赶路人，岁月不负有心人。"

这个学期的最后一天，站在讲台上，玲蓉看着那么多双明亮的眼睛，喉咙处忽然有些哽咽，要分别了，即便只有20多天，玲蓉还是舍不得。

"太阳（1）班"，46个小朋友，是她工作后的第一届学生，是她永远不会忘记的学生，是她哭过笑过不解过着急过深爱着的学生。

休业仪式上，每个孩子都至少有一张奖状——

"三好学生""学校好少年""语文之星""语文进步之星""写字小能手""朗读小达人""阅读之星""故事之星"……

玲蓉乐此不疲地发着精心制作的奖状，她告诉孩子们，每个人都有闪光点，任何一个人都可以变成一道光，照亮自己或他人的世界。

最后玲蓉还给每位同学发了一张心愿卡，让他们写下新一年的心愿，玲蓉说，到 12 月 31 日，我们一起再打开这张心愿卡，看看自己的愿望实现了吗？

"老师，你的心愿是什么？"有同学问。

"你们猜？"

李梓轩早就学会了举手发言，他说："肯定希望我们考第一名。"

玲蓉微笑着，没有点头，也没有摇头。

"希望我们成为好学生。"许晨晨说。

黄景愈也举手了，他慢悠悠地开口："方老师，想开家奶茶店。"

"哈哈哈——"全班的娃儿都被他逗乐了，笑得前仰后合。

"方老师的心愿是，"玲蓉缓缓开口，"新的一年，我们一起长大。"

　　1 月 19 日　16:40
　　热烈祝贺"太阳（1）班"成功领取首关通关卡！

　　顾冉：放假了？
　　方玲蓉回复顾冉：明天开始。
　　顾冉：什么时候回去？
　　方玲蓉回复顾冉：后天吧。
　　顾冉回复方玲蓉：这么快？

> 方玲蓉回复顾冉：马上就要过年啦，而且我爸妈也想我，
> 　　　　　　　　他们已经很久没见到我了。
> 顾冉回复方玲蓉：好的，到时我送你。
> 方玲蓉回复顾冉：谢谢呀！

　　晴空万里，汽车站，玲蓉拖着箱子和顾冉告别。

　　"我要走了！"玲蓉看着顾冉，许多情绪涌上心头，却不知怎么表达，亏她还是语文老师，这时候却嘴笨得很。

　　不同于平时发言的沉稳，顾冉说话的声音很轻："我们微信联系。"

　　车站向来很吵，春运的车站更是如此，人山人海，喧哗嘈杂。"你说什么？"玲蓉身子向前，凑近问。正巧，此时后面有人穿过，一挤便把玲蓉送到顾冉的怀中，顾冉连忙低下头，玲蓉紧张地抬头，那一刹那，眸与眸互相倒映，年轻人柔软的嘴唇蜻蜓点水般不期而遇，玲蓉像触电似的想蹦开，可碍于人流只能将通红通红的脸埋入对方温暖的大衣内。

　　终于双脚站稳了，玲蓉连忙立起身子。"终点至三水的汽车现在开始检票，请到三水的乘客至 02 号检票口检票。终点至三水的汽车现在开始检票，请到三水的乘客至 02 号检票口检票……"检票员拿着喇叭不断重复道。

　　"我走了，"玲蓉拖着箱子向检票口快步移动，"顾冉，谢谢你。"

　　"路上小心，"顾冉朝她挥手，"到了给我发消息。"

　　"嗯嗯。"

　　上车了，玲蓉摸摸自己的唇，那一刻的酥软仿佛还停留在唇上，她控制不住自己，害羞地思量："难道要让我先说'我喜欢你'吗？他对我到底有没有心意啊？好烦，好烦……"

　　　　　　　1 月 22 日　　10:20

　　　　　　　（私密）我要不要勇敢一点？

　　放假在家的日子，一个字"爽"，两个字"很爽"，三个字"非常爽"！玲蓉吃早茶，看书，刷剧，跟爸爸妈妈撒娇，偶尔何以豪会邀请她吃美食。年底，警察也好忙好忙。何以豪吃饭的时候都会接到很多电话，玲蓉不禁对他肃然起敬。

　　"所谓的岁月静好，不过是有人在替我们负重前行！"

　　除夕夜。

　　"10——9——8——7……"电视、微信、QQ，全世界都在倒计数，方玲蓉感到自己的心脏也蹦得出奇的剧烈——"3——2——1——！！！"

　　"新年快乐！"

　　"哔——""噼里啪啦，噼里啪啦……"屋外爆竹声声，烟花朵朵，过年了！真的过年了！

　　"叮咚"，微信亮了，是顾冉。

　　"玲蓉，你那儿放鞭炮了吗？"

　　"放的，可热闹了！"

　　"我们这儿禁燃，一片冷清清。"

　　"哈哈，你等着，我给你拍视频。"

　　方玲蓉顾不得穿上外套，直奔阳台。火红的紫红的玫红的穿插着金黄的青绿的芥蓝的，散射成一朵这样的花、那样的花，锦簇花团，繁花似锦。

　　"好看吗？"玲蓉对着镜头问，笑盈盈的眉眼像夜空中的一轮明月，一点星辰。

　　顾冉躺在床上，烟火令人眼花缭乱，星星的光焰中，最让他目不转睛的是那张明眸皓齿、活泼生动的脸。

　　回忆像晕开的水墨画，边沿模模糊糊，内里却愈加清澈明秀——玲蓉穿着粉色纱裙，背着包在校门口等他的乖巧样；和他一起玩游戏，输了之后昂头噘嘴的俏皮样；抱着他头不断向下沉，泪流满面的悲伤样；在书店里托着下巴看书，奋笔写教案的认真样……

他都记得，也是那么盼望着，能再见面，再欢笑，再拥抱，哪怕只是并肩走在绿树成荫的道路上……这应该就是喜欢的感觉吧。

"是不是很好看？"看着玲蓉发过来的留言，顾冉弯弯嘴唇，修长的手指像弹起了美妙的音符，"很好看。"

"哈哈。"

"新年快乐！"

玲蓉盯着手机里的祝福，愣了愣，总觉得有很多话要说，但又不知道怎么开口，索性也回复"新年快乐"吧。"简简单单四个字，能不能把我那些欲言又止的话全部，全部告诉你呢？"玲蓉边想边按住键盘，刹那间，对话框又冒出来自远方的一行字——

"我喜欢你！"

"哈——"方玲蓉情不自禁笑出了声，点开话筒，快速说道："同上，晚安！"

新的一年啦！万象更新，会有哪些新的遇见、新的发生，真期待啊！

一片绿荫如盖的校园，一方包囊万物的讲台，一群未来可期的孩子，一张温暖和润的脸庞……绵绵缠绕，化为香甜的梦，枕在床头。

1 月 30 日　00:30
新年快乐！
愿所求皆如愿，
所行化坦途。

第十五章　不是尾声的尾声

距离开学还有5天　微信聊天记录

顾冉：方老师，我想你。

方玲蓉：我也是。

方玲蓉：我要跟你说一件事。

顾冉：什么？

方玲蓉：我买了后天去苏州的车票。

顾冉：太好了！

顾冉：我太高兴了！我后天去接你，什么时候到？

方玲蓉：中午12点半左右。

顾冉：OK！

方玲蓉：我想吃那家云南米线。

顾冉：没问题。

顾冉：方老师，我觉得我这几天要睡不着了。

方玲蓉：睡觉，睡觉！后天见！

距离去苏州还有1天　微信聊天记录

方玲蓉：顾冉，我不能明天去苏州了。

顾冉：怎么了？

方玲蓉：我们小区被临时封了，不让出去，也不让进来。

顾冉：怎么回事？

方玲蓉：周围有人发烧、咳嗽，苏州呢？

顾冉：这边还好。

顾冉：你们家怎么样？

方玲蓉：我和爸爸妈妈还好。

顾冉：你们吃什么呢？

方玲蓉：社区送食物的。

顾冉：那最近先不要外出，保护好自己。

方玲蓉：也出不来啊。

顾冉：一切会好起来的，我在苏州等你。

距离开学还剩 1 天　微信聊天记录

方玲蓉：学校推迟开学了。苏州现在情况怎样？

顾冉：虽然没有封，但大街上都没什么人呢。

方玲蓉：隔壁的寒城，听说非常非常严重，这到底是什么病啊？

顾冉：寒城离你们三水太近了，你要当心啊！

方玲蓉：我们小区解禁了，不过我们都不怎么出去的。

顾冉：出去戴口罩，口罩最有用。

方玲蓉：你也是。

顾冉：我最近会很忙很忙，不太有时间和你聊天了。

方玲蓉：我明白。

方玲蓉：保护好自己。

方玲蓉：我爱你！

顾冉：我也爱你！

距离开学已过 10 天　微信聊天记录

何以豪：方玲蓉，在吗？

方玲蓉：在。

何以豪：这么晚你还在线？

　　方玲蓉：你不也是吗？

　　何以豪：我睡不着，我想和你说说话，可以吗？

　　方玲蓉：可以啊。

　　何以豪：我明天要去寒城了。

　　方玲蓉：啊？你也要去？为什么？

　　何以豪：寒城……寒城需要我们。

　　方玲蓉：保护好自己。

　　何以豪：我主动申请的。

　　方玲蓉：英雄！

　　何以豪：我记得你说过，警察就是要保护人民的。

　　方玲蓉：何以豪，别说了，我想哭。

　　方玲蓉：何以豪，你一定要保护好自己。

　　何以豪：我不是小孩子，我会的。

　　何以豪：方玲蓉，我送过你一本书，你还记得吗？

　　方玲蓉：《乡村教师》？

　　何以豪：是的。

　　何以豪：这本书你看了吗？

　　方玲蓉：你送的这本，我带回家了，还没翻开。

　　何以豪：哦。

　　何以豪：我去之前，有一个心愿。

　　方玲蓉：你说。

　　何以豪：请你看看这本书，好吗？

　　方玲蓉：好。

　　何以豪：等我回来！

　　深夜，玲蓉放下手机，从书柜里拿出那本崭新的《乡村教师》。因为顾冉送过她一本，所以这次放假，她就把这本新的带了回来。玲蓉拿着书爬上床，小心翼翼地撕开塑封，轻轻打开，只见雪白的扉页上，有黑笔写的两行字——
方玲蓉，我喜欢你！
你能做我女朋友吗？

距离重新站上三尺讲台，还有……

后记：和方玲蓉一起长大

三尺讲台存日月，

一支粉笔绘春秋。

这是我一直非常喜欢的一句话。

写的是老师——人类灵魂工程师。

我写的也是老师，日夜颠倒、精疲力竭、激动万分、沉静思量下写的。我忍不住翻了翻，看了看，最大的感觉：

真实！

真诚！

方玲蓉、郝晓佳、姚烨、校长们……不管是初出茅庐的新人，还是学校骨干抑或其中任何一个普普通通的教育工作者，他们身上都有我身边人的影子。

正如你所猜测的，我是一名老师，教书十多年。曾经，有朋友和我闲聊说，在外面与人打交道，都不好意思提及自己是老师，但却总会被人一眼看穿。

为什么呢？

是因为我们会不由自主地"好为人师"吗？

散步的时候，如果看到有小孩乱扔垃圾，总会情不自禁地走过去把垃圾拾起来，分类扔到垃圾桶内；买东西听到父母们在聊孩子的事，什么不爱阅读啊，什么多动啊，这个时候，会控制不住自己的嘴巴和他们交流。

较真，

对就是对，错就是错，

心里有想法藏不住……

浸染在相对单纯的象牙塔内，人便变成了"老师"这个样子，被烙上了群体印记。而每个人都有老师，那么多老师中一定有位让你印象深刻的，所以当眼前的人和脑海深处的那抹身影慢慢重合时，你会一下子认出：他（她）是老师！

这我明白，我不懂的是为什么羞于提及自己的身份。

所以，我走近更多人，聆听他们的故事，犹如天上的日月星尘，犹如地上的花草树木，只是默默地陪伴，不妄自菲薄地评断。接纳，唯有抛却傲慢与偏见，才能看见更多，思考渐深。

然后，我依然如此坚定：

生命不息，热爱不止！

我骄傲，我是一名人民教师！

"爱与希望"是我很多文章包括这本书中的一个鲜明主题。

不管身处方寸之间的家里家外，还是风云变幻的国际大环境；不管是年轻的心脏、中年的脊梁，还是花甲的白发，经历了很多事，我想许多人都向往平平淡淡的生活吧。可江海哪怕是湖泊苇塘，永远吹不出褶子的，怎么会有呢？

更多的时候，狂风暴雨，恶浪滔天，唯爱止伤。爱，让我们勇毅，让我们包容，让我们笃定！

海越汹涌，静时越美！

天越幽暗，星星越亮！

当你捧着书，循着墨香，读到这儿，我想这应该是茫茫人海中两个素昧平生的灵魂间莫大的缘分，于我而言又何其珍贵，何其有幸！

对主角方玲蓉可能有人会觉得奇怪，怎么有人一会儿开朗活泼，一会儿却忧心忡忡；有时强大，有时又那么弱小；时而果断有谋略，时而不可救药地钻牛角尖……

但人不是一面的，对不对？人有情感有情绪，在不同的境遇下会有不同的表现。人既不是一成不变的，也不会一蹴而就地发展，某种程度上，人的改变正是人的一生中最迷人的章节。

年轻的小镇女孩方玲蓉来到大都市苏州，和三尺讲台初相遇，岁月不居，时节如流：

她和顾冉互表心意后，甜蜜的恋爱生活会不会再遇波折？

当何以豪知道玲蓉已经有了男朋友，是放手是等待还是继续追求？

孩子们越长越大，不管是学习还是生活，会产生新的问题，生生矛盾、师生矛盾、家长和学生之间的矛盾、学生的自我怀疑……玲蓉会怎样解决呢？

赛课、基本功、各式各样的比赛，机遇与挑战并存，玲蓉和郝晓佳既是朋友也是对手，她们将如何面对两人之间罅隙？

……

方玲蓉在成长！成长就是我们明明活在每一个太阳升起、月亮爬山、星星眨眼的普通日子里，却永远无法预知下一秒会发生什么，是惊喜还是惊吓，是好运还是噩耗，可即便如此依然会选择前行，不让自己一直陷入腐朽的日子里，闪闪发光，闪闪发光才对。

和方玲蓉一起成长，让零星的变好最终汇成璀璨耀眼的星河！

最后非常感谢苏州高新区工委宣传部、苏州高新区文联、苏州高新区作协对我的支持和帮助，祝愿所有人，寻得所爱，平安喜乐。

朝暮又年年，

可爱小人间。
再见，方玲蓉！
三尺讲台不散场，
期待我们的再次相见！

秘　明
2023 年 2 月 4 日